내가 못
본
지리산

내가 못
본
지리산

사진가 이창수의 산마을 십 년

글·사진 이창수

학고재

| 추천사 |

도사와 또라이

강운구 사진가

사람은 사람인지라 가던 길을 바꾸기 쉽지 않다. 한창 잘나가던 길을 벗어나 새 길을 찾는 것은 더욱 그렇다. 그것도 사진기자를 하다 차 농사를 짓겠다고 서울(태어나서 자라고, 온갖 성취와 실패를 다 겪으며 마흔 해쯤 살던, 친척과 친구들이 다 있는 곳)에서 지리산 자락으로 삶의 그루터기를 통째로 옮기는 사람이라면 일단 보통 사람은 아니다. 무언가를 지독하게 깨달았거나, 아니면 '좋아 보이니 가자'며 생각 없이 얘기하는 사람일 터다. 그런 사람은 십중팔구 '도사' 아니면 '또라이'가 틀림없다.

사람과 만나 처음 인연을 맺을 때 호칭이 죽 이어지는 경우는 많지 않다. 세월을 겪으며 양쪽 다 나이가 들고, 직위에 따라 호칭이 달라지기 때문이다. 그럼에도 거의 서른 해 동안 나는 이창수 씨를 줄곧 '창수'라고 부른다. 오래 전부터 나이에 걸맞은 경의가 담긴 호칭으로 부르고 싶었는데 마땅한 호칭을 아직 못 찾았다.

요새 이창수 씨는 친구들과 합심해 세운 지리산 학교 '교장'이란 감투도 썼으니 그렇게 부를까 하다가 '아니지, 그건 창수한테 어울리지 않아'라고 생각해서 아직 한 번도 그렇게 부르지 못했다. 씨라는 호칭도, 작가, 교수 또는 농부라는 호칭도 다 어색하다. 나이나 사회적 지위에도 불구하고 이창수 씨는 여전히 내게 '창수'다. 그런데 '창수야'가 아니고 그냥 '창수'할 때 가장 창수답다. 내가 '창수'라고 부를 때의 억양에는 '수'자 뒤에 '!'가 있다. 이 느낌표 안에는 '도사'와 '또라이'가 아슬아슬 균형을 이루며 동거하고 있다.

살면서 몸살 한 번 앓지 않는 이가 있을까. 그렇다 해도 '창수!'의 몸살은 국제적이다. 막 옌볜에 길이 열렸을 때 이야기다. 여기 사람들은 그곳에 가서, 그곳 사람들은 이곳으로 와서 기웃거렸다. 처음에 창수는 옌볜에 사진을 찍으러 갔고 얼마 뒤부터는 그곳 사람들과 술을 마시러 갔다. 하지만 몇 십 번을 오가며 마신 술이 그의 위장이라고 봐줄 리가 없다. 그런 와중에도 한국으로 초청해달라는 옌볜 사람들을 다(아마 한 서른 명쯤 될걸!)

초청하고, 공항으로, 부두로 마중 나가 숙소를 정해주고 밥 사주고 술 사주고, 챙겨온 것을 여기저기 팔아주곤 했다.

어느 날 "이게 진짜는 아닐 겁니다. 그래도 사셔야 합니다" 하며 비닐로 꽁꽁 동여맨 웅담이라는 것을 가져온 적이 있었다. 옌벤에서 온 어떤 이가 돌아갈 날이 다 되었는데도 처분하지 못한 물건이었다. 어지간히 급했던 모양이다(진짜라 해도 미심쩍은 게 웅담인데, 진짜가 아니라는 걸 받아서 그때 어떻게 했는지 모르겠다).

나는 창수 안에서 휘몰아치는 소용돌이가 물인지 불인지를 가늠할 수 없었지만 언젠가 그것을 스스로 가라앉히기 바랐다.

바람이 잠잠해진 뒤, 먹고 사는 일에 한동안 열중하는가 싶더니 느닷없이 화개 쌍계사 근처 골짜기로 드나들며 차(재배에서 덖는 법, 내리는 법까지 다)를 배운다고 소식을 보내왔다. 그러다 말겠지 했지만 그때 몸살은, 사표 내고 아파트까지 팔아 부인과 함께 지리산 자락으로 옮겨갈 만큼 격심했다. 그가 그렇게 한 것은, 말하자면 '배수의 진'을 친 것이다.

그 후로 '창수!'는 십 년을 넘기고도 끄떡하지 않았다. 마침내 지리산에 뿌리를 깊이 박은 모양이다. 지리산과 섬진강의 그 서늘한 정기는 그가 때때로 삶의 의미를 되새기며 스스로에게 물을 때마다 앓았던 열병을, 소용돌이치던 바람을 고즈넉이 잠재웠다.

그렇게 지난 열 몇 해 동안 차는 물론, 매실과 감도 수확해서 팔고, 농사를 지을 때 쓰던 트럭을 몰고 순천의 한 대학에 가서 품도 팔며 열심히 살았다. 그런데 문득 '아, 나도 내일이면 쉰이구나' 하며 지난 삶을 돌아볼 생각이 들었는지, 2008년에는 농사일을 하며 틈틈이 찍었던 사진을 챙겨 전시회를 열고 책도 냈다. 내친김에 한 신문에 사진과 글을 연재하기 시작했다. 그러면 그렇지. 첫사랑, 그 설레고 잠 못 이루게 하던 사진을 팽개치고 농부로만 살 만큼 창수는 모질지 못하다. 그동안 사진가와 농부가 한 몸 속에서 서로 존대하며 공생해온 것이다.

창수의 사진과 글은 무공해다. 거기서 서늘한 바람이 불어나온다. 최근 작품들(2009년 가을 성곡미술관 전시회까지)은 그의 내면이 깊어진 것을 그대로 반영한다. 산과 강의 핵심으로 거두절미하고 들어가는 영상에는 창수의 속이 훤히 비친다. 거기에 '도사'와 '또라이'가 아직껏 다투고 있는 게 보인다. 아마도 '도사'가 이기면 가짜가 되고 '또라이'가 이기면 진짜가 될 것이다. 이 세상에 진짜 '도사'는 찾기 어렵지만, 맑고 아름다운 '또라이'는 더러 있으므로.

| 들어가며 |

해는 동쪽에서 뜨고 서쪽으로 집니다. 악양마을의 해는 소나무 빽빽한 동쪽 칠선봉에 떠서 솔숲과 대밭을 지나 마을을 품고, 신선대 능선의 철다리 너머로 집니다. 그렇게 바쁘게 뜨고 집니다.

산은 어둠이 아름답습니다. 어둠이 오면 눈이 감기고 귀는 열립니다. 이름 모를 풀벌레 소리, 대롱을 타고 흐르는 물소리, 이 모두를 쓰다듬는 바람 소리가 서늘합니다. 생각을 떠나보낸 가슴으로 바람이 불어옵니다. 산은 어둠 속에서 적막합니다.

강은 흐름이 아름답습니다. 강은 무수한 세월과 함께 흐릅니다. 그 강가에 세월만큼 쓸려 다듬어진 바위가 있습니다. 바위와 같이 시간의 강에 몸을 담급니다. 가뭇없이 떠나는 강물에 묵은 마음을 실어 보냅니다.

때로 숲을 걷기도 하고, 때로 강을 걷기도 합니다. 마주치는 것마다 늘 새롭습니다. 변화는 살아 있는 징표요, 조화를 찾는 몸짓입니다. 이 길 위에서 내가 살아 있음을 깨닫습니다. 산중 생활이 아름다운 이유는 그 길이 있기 때문입니다.

산에서 산다는 것은 본질적이고도 단순한 삶을 선택하는 것입니다. 지리산에 산 지 10년이 되었습니다. 흐르는 세월을 잡으려고 했습니다. 속속들이 알 수는 없지만 지리산의 속내를, 그리고 이곳에 사는 사람들을 찾아다녔습니다. 사라져가는 시간의 흔적을 작은 사진과 글로 모았습니다. 시작을 도운 '중앙 선데이'가 고맙고, 마무리를 도운 '학고재'가 고맙습니다. 스치는 바람이 고맙고, 살아감이 고맙습니다.

돋을양지에 빛이 산을 타고 내립니다. 새로운 아침입니다.

지리산에서 사는 법

생활 일기

지리산의 사생활

지리산에서 만난 사람들

지리산에서 사는 법

강물도 은은함으로 세상을 비쳐냅니다. 참으로 고요한 섬진강의 아침입니다.

비가 냇물 되어 강이 되는 것을 오늘 이 아침에 한 눈으로 보았습니다.

꽃놀이패들이 떠난 뒤끝에 조용히 화개 벚꽃 길을 걸었습니다.

일 년에 한 번은 꼭 봐야만 봄이 오고감을 알 수 있는 '화개 십리 벚꽃 길'을 걷는 것은

내가 지리산에 사는 행복 중 하나입니다.

라면보다

국수

구멍가게에서 나온 아저씨의 뒷짐 진 손에 국수 한 묶음이 쥐어져 있습니다. 점심참에는 국수를 드시려나봅니다. 조용히 뒤를 밟으며 상상합니다.

멸치와 다시마를 끓여 국물을 내고, 팔팔 끓는 물에 국수가락을 넣고, 익혀 찬물에 박박 씻어 꼬들꼬들하게 한 후 한 손 둘둘 말아 채반에 넣어 물을 뺍니다. 간장으로 살짝 간을 한 국물에 국수 한 사리를 넣습니다. 채를 썰어 익힌 애호박과 김장김치를 고명으로 얹어 '후루룩' 서너 젓가락으로 끝내버립니다. 순식간에 점심참이 끝났습니다. 막걸리를 곁들일 때는 시간이 조금 더 늘어날 수도 있습니다. 이 모든 과정은 '거~억' 트림

한 방으로 마무리됩니다. 구석진 자리를 찾아 목침을 베고 잠시 눈을 붙이
자마자 이내 코를 골며 깊은 낮잠에 빠집니다.

　　라면을 끓여 먹던 도회지 생활은 바빴습니다. 정신없이 흘러갔습니다.
나름 의미 있는 것과 의미 없는 것이 뒤섞이며 그렇게 지냈습니다. 도회지
에서 원없이 일했고 원없이 놀았습니다. 그럼에도 나이가 사십을 넘어가
는 순간, 쌓였던 생각이 터졌습니다. 무언가 새로운 것으로 나를 채우고
싶다는 생각 말입니다. 그리고 앞서거니 뒤서거니 운명처럼 지리산행이
떠올랐습니다. 그곳에서 다른 삶을 꾸릴 수 있을 것만 같은 생각이 나의
전부를 바꿔버렸습니다.

　　전체는 개별의 조합이고 개별은 관계의 연속성에서 변화 발전하여 전
체를 이룹니다. 간단하지만 참으로 어려운 진리를 땅을 일구는 농사를 통
해, 산중 생활의 어려움을 통해, 지나치는 많은 이들과의 대화를 통해, 흔
하게 피고 지는 들꽃을 통해 알았습니다. 지리산의 낮과 밤이 갈마드는 십
년 세월에 이렇게 변한 나를 돌아봅니다.

　　산중 생활의 소소한 단편들은 그냥 흘려보내기 어렵습니다. 천천히 걸
으면 급한 걸음으로는 볼 수 없는 것들이 눈에 들어옵니다. 발에 허투루
차이는 잡초들이 때마다 저마다 꽃 피우는 것이 눈에 보이고, 라면보다 국
수 삶는 여유를 즐기게 되는 순간이 오더란 말입니다.

개념 없이 시작한 차 농사는 아직도 헤맵니다. 그저 하는 일이라곤 잡
초를 뿌리째 뽑거나 강력한 예초기를 휘두르는 일뿐이어서 번번이 훌쩍
자란 풀들에 손들고 맙니다. 밭고랑으로 떨어진 잡초 씨는 내년이 되면 열
배, 백 배로 위용을 뽐낼 겁니다. 어설픈 농사꾼이 감당할 수 없는 풀들의

생존전략입니다. 농사의 시작과 끝이 잡초와의 경쟁이면서 공생입니다. 오늘도 나는 잡초를 미워하면서 같이 살아갑니다.

　우리 녹차밭은 농약 치지 않는 야생차밭이라고 남들에게 떠들어댑니다. 물 반, 고기 반이 아니라 잡초 반, 녹차나무 반입니다. 어쩌다 오는 도

회지 친구들은 내 말에 고개를 끄덕이며 훌륭하다고 입을 모읍니다. 그러나 저들이 무엇을 알겠습니까? 이래도 멋있고 저래도 멋있고 그냥 멋있는 것을. 처음에는 저도 그랬습니다. 그냥 좋았습니다. 그러나 지금은 시간이 지나 차근차근 산중 생활에 적응해가면서 농사의 근본을 알아갑니다. 아직도 천 길 먼 길입니다.

이런 사정을 손바닥 보듯 아는 동네 분들은 어쩌다 봉두난발을 한 우리 차밭을 지나치다가 한 말씀하십니다. "약을 치든, 사람을 쓰든 풀을 뽑아야지 차밭 꼴이 이게 뭐냐"고 혀를 찹니다. 저는 그저 웃을 뿐입니다. 달리 드릴 말씀이 없습니다. 말을 더했다가는 오히려 더 혼나기 십상입니다.

이제는 저도 어지간히 농사를 짓습니다. 그만큼 시간이 흘렀습니다. 서두르진 않지만 그렇다고 게을리하지도 않습니다. 이른 봄에 차밭 골을 매어서 찻잎을 따기 수월하게 하고, 찻잎을 따 정성껏 차를 만들고, 차나무를 가지런히 전지를 해서 내년에는 더욱 알차게 차나무가 자랄 수 있도록 관리합니다. 이제 조금씩 농사의 일머리를 알아갑니다. 일머리만 제대로 안다면 절반 농사는 지은 셈입니다.

농사는 단순하지만 농사가 일깨우는 것은 다양합니다. 논이나 밭을 지날 때, 그곳에서 일어나는 많은 사연들이 파노라마처럼 스쳐 지나갑니다. 농사의 깊은 속으로 한 걸음, 한 걸음 빠져드는 나는 행복합니다.

낮잠에서 깬 아저씨는 물 한 모금 마시고 정신을 차렸습니다. 노란 장화를 신고 주섬주섬 장갑과 괭이를 챙겨들고 급하지 않은 걸음으로 논에 갑니다. 꼭 할 일이 있어 가는 것은 아닙니다. 그저 논 한 바퀴 돌다가 그동안 용케 자란 피를 뽑아 냅다 논두렁에 던집니다. 논에서 나와 논두렁 한 편에 앉아 어깨에 괭이를 걸치고 담배 한 모금을 뿜으며 긴 숨을 토합니다. 하루 일과가 끝나갑니다. 멍한 눈으로 논을 바라보다 괭이를 지팡이 삼아 터벅터벅 집으로 갑니다. 논은 아무 일 없는 듯 평온합니다.

꿈은 현실 속에서 꿈처럼 펼쳐집니다. 지리산에서 살아감이, 농사가 그러합니다.

하루 종일 묵은 차밭에서 일했습니다. 잡나무와 잡초를 뽑고, 베는 일입니다. 아래 동네 상평마을 아저씨, 아줌마 네 분과 함께 그야말로 뼈 빠지게 일했습니다. 녹차밭이 가팔라 괭이질도 무지 힘든 작업이었습니다. 게다가 잡나무 뿌리와 딸기나무, 명감나무는 가시가 억세고 뿌리도 억세어 캐기 어렵습니다. 다섯 명이 붙어서 일을 해도 진도가 나가질 않습니다.

그래도 한 줄 한 줄 가지런히 녹차밭 정리를 하니 마음은 후련합니다. 보송보송한 흙을 만지는 촉감도 무척 부드럽습니다. 항상 느끼지만 우리 땅은 '흙살'이 아주 좋습니다. 일하는 아줌마들도 이런 땅은 뭘 심어도 잘

된다고 합니다. 고마운 땅입니다.

아침 8시에 시작한 일이 저녁 5시 30분에 끝났습니다. 물론 중간에 새참 먹고, 점심 먹고, 쉬어가며 해도 허리, 어깨, 무릎, 팔뚝, 아플 만한 데는 다 아픕니다. 젊은(?) 나도 그런데 아주머니들은 오죽하겠습니까. 그런데 제가 드린 하루 삯이 점심값 포함해서 4만 원입니다. 무척 미안한 삯입니다. 밤에 곰곰 생각해보니 하루 일한 대가가 그것뿐이라는 게 마음에 걸립니다. 많고 적음의 문제는 아닙니다. 그분들이 하루 종일 일한 것에 대해 값을 매기는 게 어찌 보면 어리석은 짓입니다. 나는 그들과 하루 종일 같이 일했습니다. 일하면서 웃고 떠들었던 '정'은 어떻게 값을 매겨야 할지 모르겠습니다. 그들의 고마움은 값으로 매길 수 없습니다.

'일이 곧 돈'이라는 등식이 산중에서는 어울리지 않습니다. 나는 또다른 무엇으로 고마움에 답을 해야겠습니다. '돈 4만 원' 이외의 어떤 것 말입니다.

고된 육체노동이 정신을 맑게 해주고 마음을 푸근하게 합니다. 뼛골이 빠져도 이 산중에 살 만한 가치를 느끼기에 충분한 오늘입니다.

섬진강 아침

산길을 걸을 때 흙먼지가 '풀풀' 날릴 정도로 봄가뭄이
심하던 차에 단비가 내렸습니다. 고마운 단비입니다.
습기 가득 먹은 아침 공기가 좋아 산길을 내려갔습니
다. 큰 숨을 들이마시며 한껏 숨쉬기를 즐겼습니다. 메
마른 마음이 축축해집니다.
이제 막 싹을 틔운 섬진강가의 어린 풀들도 싱그러움을
뿜내고, 물 먹은 백사장이 고요함을 더합니다. 강물도
은은함으로 세상을 비쳐냅니다. 고요한 섬진강의 아침
입니다.
비가 냇물이 되어 강이 되는 것을 오늘 이 아침에 한눈
으로 보았습니다.

계 절 의 **뒤섞임**

계절이 뒤섞이고 있습니다.
겨울 흔적이 푸른 새싹들로 살아납니다.
산중에 사는 즐거움이란 바로 계절의 뒤바뀜을
실시간으로 보고, 느낄 수 있다는 겁니다.
지금의 시간을 본다는 것은
과거의 내가 지금의 나로 드러나는 겁니다.
지금의 나는 끊임없이 과거의 나와

연결될 수밖에 없습니다.
누런 겨울이 푸른 봄으로 바뀌는
이 계절이 아름다울 수 있는 것은
지난 시간의 아름다움이 드러나기 때문입니다.
계절이 뒤섞이는 지금,
과연 나는 지난 시간 얼마나 아름다움을
쌓았는지 의심하지 않을 수 없습니다.

맑은 아침

산중에는 아직 새벽 공기가 서늘합니다. 일찍 일어나
유난히 맑은 아침을 한 호흡에 마십니다. 지난밤 미몽
을 헤집고 나와 스스로 살아 있음을 확인하는 맑고 밝
은 아침입니다.

동쪽, 칠선봉에서 천지에 빛을 뿌리며 오르는 햇살이
서늘한 기운을 다독여 보낼 때 사진기 둘러메고 산을
내려갔습니다. 오늘 아침은 '호미' 대신 '사진기'를 들
었습니다. 그저 맑은 아침햇살에 흘려 아래로, 아래로
내려갔습니다. 늘 그렇듯 산의 끝자락은 강입니다.

물안개 오르는 우리 동네, 섬진강까지 흘러갔습니다.
흐르는 냇물보다 빠르게.

첫새벽부터 어떤 이가 강가의 조그만 땅뙈기를 갈아엎
고 있습니다. 이제 겨우 강 한쪽에 금빛 햇살이 드리우
는데 그이는 벌써 밭을 다 갈았습니다. 지리산에서는
부지런하기만 하면 어떡하든 먹고 살 수 있다는 옛말이
절로 생각납니다.

도회지 놈이 산골에 내려와 살면서 나름 부지런히 산다
해도 온전히 땅에 기대어 사는 이들의 마음은 도저히
쫓아갈 수 없습니다.

맑은 아침에 또 한 수 배웠습니다.

악 양 의 스카이웨이

노전마을에서 우리 집 가는 길은 악양면의 '스카이웨이' 입니다. 벚꽃나무 우거진 이 길은 봄철에는 푸른 보리밭이 논배미 따라 펼쳐지고 마을 곳곳, 집집마다 유채꽃이 만발합니다.

지금은 싱그러운 봄날입니다. 형제봉으로 등산 온 도회지 사람들은 이 길에서 두 번 죽습니다. 한 번은 길가에 핀 꽃나무가 아름다워 '빡' 죽고, 한 번은 등산길이 가팔라 힘들어 '빡' 죽습니다. 그래서 저는 이 길을 '하늘로 가는 길' 이라고 부릅니다.

늙은 **할망구**

"늙은 할망구 얼굴 찍지 말어."
"고우세요."
"곱기는. 왜 아침부터 사진기 들고 다녀."
"어여 가."
먼 길을 오셨습니다. 할머니들이 다니시는 길은 갓길입니다.
누군가를 위해 할머니들은 비켜 다니십니다.
남편을 위해, 자식을 위해 혹은 주위에 있는 어떤 이를 위해
할머니들은 평생을 비켜 사셨습니다.
그렇게 비워놓은 길로 고개 세우고, 어깨를 저으며
자신 있게 갈 수 있는 사람이 몇이나 될까요?
저는 왠지 걸리는 게 많아 그러는 못할 듯합니다.

고 랑 엔 물이 차고

부슬부슬 비가 오는 날입니다. 논에 물이 가득합니다.
일 년 농사의 시작은 못자리를 만드는 일입니다. '어부
는 오늘을 망치면 내일을 기다리지만, 농부는 오늘을
망치면 내년을 기다려야 한다'는 말이 있습니다. 그만
큼 농사는 '때'를 잘 맞추어야 합니다.
"못자리 내세요? 비 오는데 내일 하시지요."
"아녀. 오후에 날이 든다고 했어."
"예, 근데 그 흙은 왜 걷어내세요?"
"그래야 고랑엔 물이 차고, 두덩엔 흙이 차지."
갑자기 머리가 번쩍 합니다. '산은 산이요, 물은 물이
다'라는 성철스님 말씀이 생각났습니다. 큰 공부를 하
신다는 스님들 말씀과 농사를 짓는 할아버지 말씀에 무
슨 차이가 있나요? 별 다를 바 없습니다. 잘은 몰라도
그분들은 자연의 흐름, 혹은 생명의 순환을 뼛속까지
알고 있는 듯합니다. 산골에 살면서 이 '살아감'은 꼭
배워야겠습니다. 그래야 하늘에 뜬 비구름과 논에 비친
비구름이 하나임을 알 수 있겠죠.

못자리 만 들 기

길에서 마주 칠 때마다 항상 웃으시며 반기시는
'노전마을' 어르신입니다.
다니는 길옆으로 연둣빛 보리 이삭이 제법 아름다울 때,
어르신은 한쪽 자투리땅에서 써레질로 바쁩니다.
못자리 만들기에 바쁩니다.
"뭘 벌써 일하세요?"
"아녀! 사월 이십칠일에 못자리 내려면 이제 해야 돼."
"그래요?"

"못판 오백 개 하려면 모자랄 것 같어."
"못판을 오백 개나 해요?"
"그래봐야 스무 마지기나 할까. 좀 모자랄 거야."
나는 못판 오백 개도, 논 스무 마지기도 개념이 없지만
아마 엄청나게 많은 일일 텐데 저리 쉽게 말씀하십니다.
연둣빛 보리 이삭이 누렇게 익어,
베고 나면 모내기를 하는데 그 일이 이렇게 시작합니다.

모내기

마지막 모내기가 바쁜 논은 연둣빛 호수입니다. 한 손 한 손 못줄에 맞춘 모심기는 깊지도, 얕지도 않은 적절함이 농부의 공력입니다. 좁은 논두렁길 따라 뒤뚱이는 걸음을 걸어도 마음은 편안합니다. 잔잔한 논은 그 깊이와 넓이를 알 수 없습니다.

하지만 그 속내를 들여다보면 이야기가 달라집니다. 모 심고, 물 대고 나면 연둣빛 호수에는 한없는 생존경쟁이 펼쳐집니다. 모가 자라는 동안 방동사니나 피 같은 풀들이 같이 살자고 죽자고 덤빕니다. 풀은 모보다 강합니다. 그래서 저들의 전쟁에 등골 빠지는 농부의 김매기가 개입합니다. 풀과 모와 농부의 모든 행위를 연둣빛 호수는 흔적 하나 남기지 않고 그저 잔잔합니다. 유위가 무위이듯 인위가 자연에 합하는 것이 농사입니다.

한 그릇의 밥은 이렇게 지작합니다.

장맛비

올해는 장맛비가 제법입니다. 장마전선이 남북으로 오르내리며 고루 비를 뿌립니다. 도시에 살 때는 꿉꿉한 장마를 좋아하지 않았지만 산중에 사는 지금은 절실히 좋아합니다. 올봄만 해도 땅을 흠뻑 적시는 비가 내리지 않았으나 올여름에는 장맛비답게 비가 내립니다. 장맛비에 갇혀 있다가 잠시 그친 틈을 타 동네로 내려갔습니다. 큰비가 남기고 간 구름이 건너 마을 산등성이를 에워쌉니다. 흩어지는 비구름이 변화무쌍합니다. 물먹은 땅 냄새와 촉촉한 공기도 향기롭습니다.

노전마을 배씨 아저씨가 애써 가꾼 토란밭이며 콩밭이 물을 잔뜩 먹어 싱싱하게 파릇해졌습니다. 일한 사람은 그 대가를 받기 마련입니다. 특히 땅을 일구는 농사꾼들에게는 그 결과가 명확합니다. 밭작물이 주인의 발소리를 듣고 큰다는 것은 농사는 머리로 하는 것이 아니라 몸으로 하기 때문입니다. 배씨 아저씨 밭이 그렇습니다. 토란이 쑥쑥 자라는 소리가 들리는 듯합니다. 여름에 소나기 내리면 시골아이들이 널찍한 토란잎을 꺾어 우산 대신 쓰고 뛰어가는 모습이 떠오릅니다. 이제는 시골동네에 아이들이 귀해 쉬이 볼 수 없는 아쉬운 풍경입니다.

하중대 이장님

잡초 하나 없는 녹차밭 사이에서
고랑 만드는 아랫동네 이장님을 만났습니다.
"이장님 벌써 뭐 심는 거예요?"
"어쩐 일이야, 매실밭에 온 거야?"
"예, 매실밭이 어떤가 보러 왔는데
이장님은 역시 빠르시네요."
"아녀, 지금이 딱이야, 봄이 바빠야 가을이 넉넉하지.
이제 일할 때가 되니 겁나나?"
"네, 이장님 일하는 거 보니 겁나네요."
"걱정 마 이제부터 하면 돼.
내 감자랑 토란 심고 있는데 씨감자 줄 테니 가 심을래?"
"아뇨! 감자는 두고 토란이나 한 움큼 주세요."
"알았어, 내 챙겨줄게."
귀농이든, 귀향이든 도시에서 내려가 시골에서 살려면
꼭 그 지역 농부를 잘 사귀어야 합니다.
그래야 그들에게서 농사짓는 마음을 배울 수 있습니다.
적어도 이 산골에서는 공자ㆍ맹자의 한 말씀보다
이장님의 한 말씀이 피가 되고 살이 됩니다.
이장님 밭이 참으로 알뜰합니다.

차 한 잔 하시지요

뜨거운 열정을 뿜어냅니다. 두 시간여 달군 무쇠솥이 제 몸의 뜨거움을 토해냅니다. 호흡을 가라앉히고 마음을 가다듬습니다. 순간 찻잎 한 바구니를 쏟아 붓습니다. '빠지직 빠지직' 빈 솥에 찻잎이 떨어지는 찰나 익는 소리가 요란하네요. 이제 손놀림이 바빠집니다. 빠름과 느림이 조화를 이룬 춤사위가 무쇠솥과 찻잎 사이를 오갑니다. 충분히 익어가는 차향이 작업장에 그윽하게 퍼집니다. 원초적입니다.

제가 녹차 작업을 하는 이유는 바로 익어가는 차향 때문입니다. 솥에서 뿜어져 나오는 익은 차 향기는 깊은 마음을 일으켜 깨웁니다. 차 작업은 신령스러운 찻잎을 우매한 인간의 손으로 다듬고 다듬어 근원의 마음자리를 드러내는 맛과 향을 찾는 일입니다.

"차 한 잔 하시지요."

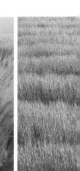

무덤이들판 보리

지난 늦가을, 악양골 '무덤이들판'에 자리 잡았습니다.

한쪽은 대지에 뿌리박고 또 한쪽은 조금씩 하늘을 향했습니다. 눈바람 날리는 겨울에는 한껏 몸을 낮추었습니다. 남풍에 땅이 풀린 요즘은 고개를 쳐들어 멀리, 더 멀리 세상을 바라봅니다. 무덤이들판을 초록 세상으로 물들였습니다.

어지간히 성숙해진 지금, 이제는 뽑히거나 부러지지 않습니다. 거센 바람이 내 몸을 덮쳐도 주위 친구들과 서로 몸을 기댄 채 바람길 따라 하늘을 씁니다.

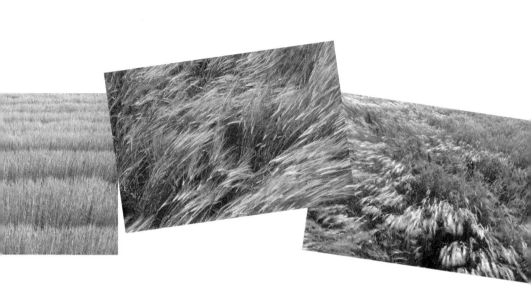

5월 어느 날, 우리는 또 다른 길을 가야 합니다. 땅속에서 한 몸을 갈라 수십, 수백의 다른 몸을 만든 지난 시간, 우리는 자기 부정을 통한 순환의 진리를 몸소 실행했습니다. 이제 자식들 또한 묵묵히 그 길을 갈 겁니다.

이 들판이 아름다운 이유는 그렇게 내리받은 사랑을 다시 내릴 수 있는, 살아 있는 땅이기 때문입니다. 보리쌀 한 톨이 크고 무겁습니다.

논골 할매

악양에서 배티재를 넘으면 청암면 경계에 있는 논골마을에 이릅니다.
논골은 칠선봉 능선, 해발 600미터에 자리한 산중마을입니다. 산이 높아 하늘은 작으나, 땅은 번번해서 논밭이 제법 있는 큰 마을입니다. 허나 지금은 몇 집 살지 않는 조용한 마을입니다.

"힘들지 않으세요?"

"이 산골엔 어쩐 일이여? 사람이 없으니 사람이 오면 참 반가워."

"언제부터 이곳에 사셨어요?"

"오래 됐지. 열일곱에 시집와서 팔십하고 셋, 여적 살았으니."

"어디서 오셨는데요?"

"하동 읍내서. 없이 살다보니 예까지 왔지, 있이 살면 이 험한 골로 누가 오나."

"'길'이 '솔' 해 이 짝 무릎 닿고, 저 짝 무릎 닿고 다녔지."

옆에 계신 할머니가 거드십니다.

"저 할매는 나보다 나이도 많은데 쇠스랑 파는 것 좀 봐. 나는 괭이로 파는데……."

"나는 본향이 예인데 저 할매는 맘씨 순하니 예까지 왔지."

바 람 빛 을 타 는　억새꽃

산바람, 강바람 마주쳐 억새꽃 휘날리는 무덤이들판을 걸었습니다.

잠시 눈을 감으면 익은 이삭이 뿜어내는 향기를 온몸으로 맡을 수 있고, 눈을 뜨면 바람이 억새 머리끝에서 백 개, 천 개의 빛으로 바뀌는 것을 볼 수 있습니다.

억새꽃은 가녀린 외줄기 대공에 온몸을 의지한 채 바람빛이 흐르는 대로 몸을 맡깁니다. 바람춤을 춥니다. 동서남북 가리지 않으니 억새꽃 휘날리는 바람길은 방향이 없습니다. 방향이 없으니 어디로든 갈 수 있습니다. 마치 그 끝을 알 수 없는 몽골 초원을 내달리는 야생마의 달음질과 같습니다.

그것은 방황이 아닌 방랑입니다. 억새꽃은 지금 방랑 중입니다. 방랑 속에서 간혹 수직과 수평을 생각하면서 구심과 원심을 생각하고, 높음과 넓음을 생각하면서 이기와 이타를 생각합니다.

마음을 흔드는 자재로운 바람을 맞으며, 어깨에 닿는 따뜻한 빛을 느끼며, 익은 벼가 속삭이는 소리에 귀 기울입니다.

'방랑길, 그 길은 그리 멀지 않은 곳에 있다고.'

" 어~어. 그냥 "

해거름 들길에서 동네 어르신을 만났습니다.
"어디 다녀오세요?"
"어~어. 논에."
"다 저녁에 무슨 논예요?"
"어~어. 그냥."
대개 길에서 만나는 어른신과의 대화는 기름기 없는 담백한 말이 이어집니다.
지난밤 내린 비가 논에 가득합니다. 이른 아침, 비 그치기가 무섭게 아랫마을 아저씨
는 논에 들어갔습니다. 당연한 일입니다. "어~어. 그냥"입니다.
내가 농사짓는다고 떠들고 다녀도 실패할 농사꾼일 수밖에 없는 이유는 "어~어. 그
냥"이 안 되기 때문입니다. 도회지 출신이라 잡생각 많고, 이유도 많아 그들의 무심
한 마음을 도저히 따라갈 수 없습니다.
농사는 마음으로 짓는다는 말이 틀리지 않습니다. 내게는 참으로 멀고 먼 길입니다.
둔덕에 앉아 조용히 그를 바라봅니다.
그의 내딛는 발끝마다, 풀 뽑는 손끝마다 동심원이 일어 건너편 산 그림자가 깨집니
다. 깨진 산 그림자는 그의 뒤를 따라 이내 원래 모습으로 돌아갑니다. 여름 해에 벼
가 소리 없이 익어갑니다.

하늘이 <small>하 는 일</small>

가을 들판이 제법 누렇게 익어갑니다. 올 추석명절이 빨리 와서 조상님들이 햇곡식을 드시기가 쉽지 않았습니다. 절기도 절기지만 날이 왜 이리 더운지 모르겠습니다. 예전 같으면 들판에 나가 땀 흘려 일해도 시원한 바람이 땀을 식혀주는데 요즘은 들판에 나가기 겁날 정도로 덥습니다.

논에서 일하는 아주머니를 만났습니다.

올해는 태풍이 들지 않아 벼는 넘어지지 않았답니다. 그리고 날이 가물어서 벼는 잘 익었으나 벼가 '포기벌기'를 많이 못했답니다.

'포기벌기'는 벼의 줄기 밑동에서 새눈이 나와 줄기를 늘려가는 것으로 '포기벌기'를 많이 해야 줄기가 많아져 낟알이 많아진답니다.

그래서 올해는 가을걷이가 적을 거랍니다. 하늘이 하는 일을 어찌하겠냐면서 기쁜 마음으로 가을걷이를 합니다.

가을 빛 잔치

먼 길 달려 온 햇빛이 논에 내려 빛 잔치를 벌입니다. 건너편 둔덕에 앉아 빛 잔치에
젖어듭니다. 현란한 가을빛에 눈을 감습니다.

'너는 지난 여름 무엇을 했는고?' 감은 눈에 비친 밝은 빛이 묻습니다. 뜨끔합니다.
고추도 심고, 가지도, 토마토도 두루 심었건만 근무태만에 결국 잡초로 뒤엉킨 밭을
만들었습니다. 열심히 일한 할머니의 다랑논은 이삭이 충만하지만 근무태만인 우리
밭은 잡초가 충만합니다.

개미의 논에도, 베짱이의 밭에도 빛은 고루 비추나 결국 준비된 사람만이 풍성한 가
을을 맞이합니다. 자연은 분별함이 없으니 모두 제 할 따름입니다.

허나 할머니의 손에 들린 낫이 할머니의 허리를 얼마나 더 아프게 할지 그게 걱정입
니다.

배씨 _{아저씨}

매상(買上)하는 날입니다. 나뭇잎 날리는 바람 매서운
날, 봄부터 가을까지 비와 바람과 햇빛에 울고 웃던 농
부가 수매를 기다립니다.
"서울 사람도 매상하러와? 나락이 뭔지는 알아?" 나를
약 올리고 한껏 웃으십니다. "올 매상 값은 좋아요?"
"좋긴 몽둥아리가 좋아. 특등이 오만 원, 일등이 사만
팔천 원이니 이래가지곤 안 돼. 비료가 육천 원에서 이
만 오천 원으로 올랐는데 말이 돼?" "내일 늙은 것들 죽
고 나면 젊은 놈이 뻘 구덩이에서 농사짓겠어?" "이젠
농사짓는 게 반푼이 자식 자랑하는 거나 마찬가지야."
나를 반겼던 미소는 사라지고 말을 할수록 점점 화가
나시는 것 같습니다.
"쌀농사 말고 다른 농사짓지요?" "늙어서 새로 일하는
게 겁나. 논 갈아엎어서 감나무 심으면 될 것 같지만 그
게 안 그래. 언제 심어서 언제 키워."
'종부세' 'FTA' 등 쌀 포대에 기대어 이야기가 길어집
니다.
"책상에서 숫자 가지고 노는 놈들이 농사를 알겠어?"
같이 흥을 보고 있자니 반농사꾼 대접은 받는 듯합니다.

구례 대목장

추석 대목장입니다. 장마당이 예전 같지 않습니다. 요
즘 경기가 좋지 않다지만 지금 이 모습 또한 시간이 흐
르고 나면 또 예전 같지 않다는 말로 추억거리를 삼을
겁니다. 그럼에도 예전 구례 장터의 시끌벅적함이 그립
습니다.
"할머니 어디서 오셨어요?" "강 건너 마산면에서."
"첫차 타고 오셨어요?" "아니, 나는 차도 못 타서 걸어
왔어."
"걸어오셨다고요?" "저거(할머니 뒤에 있는 유모차) 끌고
왔어. 거기 도라지 사가. 10년 된 거야."
"10년이나 됐어요?" "그거 약이야 약. 담배 피워 생긴
천식에는 최고야. 대목장에 팔려고 아껴 두었던 거야.
빨리 팔고 나도 장 보고 가야지."
"할머니도 장 보시게요?" "그럼, 생선이랑 단감 사가야
하는데. 어서 가 손님 좀 데려와. 빨리 팔고 가게."
할머니들과 같이 쭈그려 앉아 나눈 이야기가 가슴을 시
리게 합니다.
그래서 장날은 즐겁습니다.

구 례 장 **왕언니**

"오메, 오랜만에 왔네."

"마누라는?"

"오늘은 어째 친구들과 안 왔는가?"

"마누라 해주는 게 맛있제, 내가 헌 게 맛있는가!"

"입맛 없을 제 액젓에 매운 고추 넣고 먹으면 맛있어."

"오늘 가지 맛있제."

"채소가게 거는 크고 미끈헌데 물만 많고 맛없어."

"할매들이 들고 온 게 싸고 맛있어."

"막걸리 마시게. 그건 술 아녀."

"요새 뭔 농사짓는가?"

"농사일은 처다보면 뭔 일이 있어도 있제."

"애들 줄려고 약탕기랑, 찜기랑, 그 황토갈개랑 수백 썼지."

"근데 아들은 잘 안 쓴데, 딸년은 쓰는 것 같던데."

"아들은 원래 그래. 남이꺼나, 내꺼나."

구례장에 가면 꼭 들르는 '체센집(최선생집)' 왕언니입니다.

고단한 세월을 억세게 버텨낸 순한 마음으로 밥을 차려줍니다. 항상 둥근 탁자는 반찬으로 넘쳐나고 맛은 인정으로 넘쳐납니다. 지리산 막걸리에 얼굴은 붉어지고 눈가는 어질합니다.

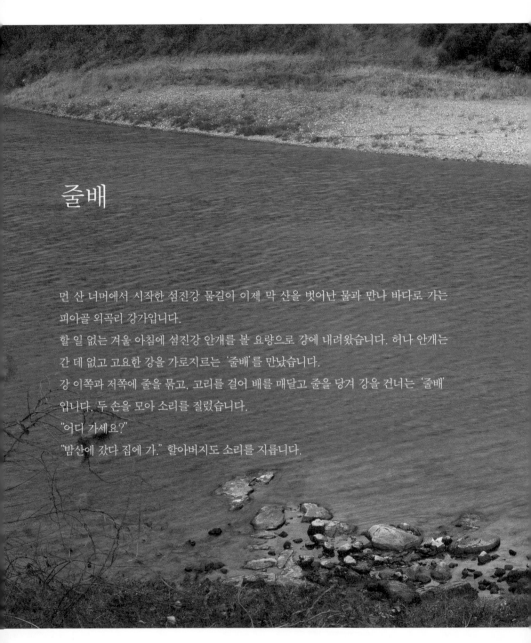

줄배

먼 산 너머에서 시작한 섬진강 물길이 이제 막 산을 벗어난 물과 만나 바다로 가는
피아골 외곡리 강가입니다.
할 일 없는 겨울 아침에 섬진강 안개를 볼 요량으로 강에 내려왔습니다. 허나 안개는
간 데 없고 고요한 강을 가로지르는 '줄배'를 만났습니다.
강 이쪽과 저쪽에 줄을 묶고. 고리를 걸어 배를 매달고 줄을 당겨 강을 건너는 '줄배'
입니다. 두 손을 모아 소리를 질렀습니다.
"어디 가세요?"
"밤산에 갔다 집에 가." 할아버지도 소리를 지릅니다.

"아직도 밤이 있어요?"
"아니, 그냥 다녀와."
등받이의자에 점잖게 앉은 할머니가 더 크게 소리를 높입니다.
말이 '그냥'이지 노부부는 아마 신새벽부터 밤산에 가서 이곳저곳 손보고, 가꾸고,
다듬고 오시는 길일 겁니다.
겨울에도 부지런한 노부부와 겨울이면 할 일 없다는 중늙은이가 섬진강 한 가운데서
만났습니다. 구름이 제 무게를 못 이긴 우중충한 날에 줄배가 고요히 강을 건너갑니
다. 아무 일 없이.

생 활 일기

구중중한 날에 머리 희끗한 중늙은이가 보리밭에 취해 한바탕 꿈을 꾸었습니다.

매월당 김시습이 묘비에 써달라고 했다는 '꿈을 꾸다 죽은 늙은이'가 새롭습니다.

"누구 없소. 나랑 한 잔 할 사람."

구 들 장
고치기

언제나 아침은 새롭습니다. 비구름 잔뜩 머무는 칠선봉에서 아침햇살이 피어납니다. 해 뜨기 전, 비어 있는 하늘의 보랏빛 신비함이 햇살에 깨집니다. 어둠이 일어납니다. 빛이 잠들었던 세상을 깨웁니다. 솔숲을 지나, 대밭을 지나, 윗담 논을 지나 마을로 이어지는 햇살에 모두들 아침을 맞이합니다. 고요한 아침이 또렷합니다. 바람길에 있는 단풍나무가 살짝 흔들립니다. 잎사귀 끝에 매달린 이슬이 아침햇살에 반짝이는 꽃으로 피어납니다. 대밭이 춤을 춥니다. 바람에 몸을 맡긴 대나무가 흐느적거리며 충만한 빛을 뿌려댑니다. 언제나 아침은 새롭습니다.

오전 내내 나무 선반을 만들었습니다. 무식하면 용감하다고 이리저리 머리를 굴려 나무선반을 그려보고는 바로 만들기 시작했습니다.

대패질로 나무를 다듬고, 끌로 구멍을 파내어 세로 기둥과 가로 판을 연결해보지만 삐거덕거리는 소리가 마뜩치 않습니다. 짜맞추기 기법을 응용해서 만들었지만 솜씨가 없는 탓입니다. 어쩔 수 없이 여러 군데 못질을 해서 '무식한' 나무 선반을 완성시켰습니다. 산중 생활에서 배운 것이 있다면 필요한 물건은 가능한 한 스스로 만드는 것입니다. 솜씨가 부족해 시간과 돈이 더 들기도 하지만 고생할수록 얻는 것도 많습니다. 오늘은 어설프지만 훌륭한 나무 선반이 생겼습니다. 직접 만들어 더욱 애착이 가는 이 세상에 하나밖에 없는 선반입니다. 나무 선반을 보며 흐뭇한 시간을 보내는데 연락도 없이 후배가 찾아왔습니다. 일전에 군불 때는 작은방에 연기가 찬다고 이야기한 적이 있는데 구들을 살피러왔습니다.

"방에서 새는 연기는 잡기가 쉽지 않아요."
"방바닥을 뜯을 순 없으니 일단 벽을 뜯어 확인해보죠."
"야, 도배한 지 얼마 안 됐는데……."
한숨 섞인 소리를 합니다.
"안 돼요. 뜯어서 봐야 돼요."
단호한 목소리입니다. 무조건 뜯자는 겁니다.

반론의 여지가 없습니다. 과감하게 뜯어냅니다. 무엇이든 만드는 데는 공이 많이 들어도 부수는 것은 한 순간입니다. 그저 한 주먹 날리는 힘만 있으면 됩니다. 얼마 지나지 않아 이 집 속내가 다 드러났습니다. 디자인 좋고, 때깔 좋고, 그림 좋은 우리 집이 속을 들여다보니 '허당' 입니다.

'모양에 빠지지 말라' 는 말이 있습니다. 어떤 형상에 현혹되지 말고 그 안에 들어 있는 참뜻을 새기란 말이겠지요. 폼 잡고 만든 우리 집이 겉으로는 그럴듯해 보였으나 속을 드러내니 부실하기 그지없습니다. 각설하고.

내벽으로 댄 석고보드에 가로, 세로 30센티미터짜리 구멍이 있고 그곳에서 연기가 풀풀 새어나온 듯합니다. 답답한 일입니다. 집 지을 때 구들 놓는 친구들이 구들 내벽에 미장을 대충 마감하고 석고보드도 어설프게 붙인 모양입니다. 원인을 찾았으니 바로 공사하잡니다. 성질 급한 후배가 재촉하는 바람에 부리나케 읍내에 가서 시멘트를 사왔습니다.

시멘트를 한 주먹씩 내벽에 붙여가며 틈을 막았습니다. 바늘구멍만 있어도 연기가 새어나온다고 하니 시멘트를 붙이고 또 붙여가며 할 수 있는 데까지 열심히 막았습니다. 뼛골 빠지는 작업입니다. 온몸이 시멘트로 범벅되고 방 안은 말 그대로 난리 났습니다. 졸지에 작은방이 공사판으로 변했습니다. 늦저녁이 되어서야 작업을 끝내고 막걸리로 목을 씻어냈습니다. 불쑥 찾아와 도와준 후배가 고마웠습니다. 역시 산중 생활은 주변 사람의 도움으로 살아갑니다. 이래도 방 안에 연기가 새면 하늘의 뜻입니다. 그때는 그냥 살렵니다. 손톱에 낀 흙을 베껴내며 지친 하루를 마무리합니다.

하루를 끝냈습니다. 자리에 누웠습니다. 들숨, 날숨을 쉬며 편안하게 눈을 감습니다. 오늘도 이런저런 일들로 좌충우돌 바쁘게 보냈습니다. 하루 시간이 다양하게 다가오는 게 산에 사는 즐거움이면서 괴로움입니다.

북쪽, 현무자리로 머리를 두고 남쪽, 주작자리로 발을 뻗고 눕습니다. 눈을 감고 얼굴은 천정을 향해 반듯이 하고 손은 아랫배에 가지런히 놓습니다. 잠버릇이 그리 나쁘지 않아 대체로 이 상태를 유지하며 잠을 잡니다. 내 뒷머리가 납작한 건 어릴 적부터 들인 '얌전한' 잠버릇 때문입니다.

우리 집을 등지고 서면 오른쪽 직선거리로 약 30여 미터쯤 되는 곳에 묘가 있습니다. 사실 산중에 있는 집인지라 주변을 둘러보면 눈에 보이는 묘가 네 개나 있습니다. 그중 오른쪽에 있는 묘는 멋스럽게 늙은 소나무를 여덟 그루나 두르고 있는 훌륭한 묏자리입니다. 자리가 좋아 묘적(등기가 있는 묘)도 따로 있습니다. 이 산에 처음 구경 왔을 때부터 산에 있는 모든 것에 대해 늘 마음으로 예를 갖추곤 했습니다. 특히 이사온 후에는 이 산의 신령과 묘에 누워 계신 할아버지, 들짐승, 날짐승과 온갖 풀, 나무와 더불어 살아가기를 기원하는 마음으로 지냅니다.

지금 누워 있는 이 자세가 바로 저기 묘에 누워 계신 할아버지의 자세와 다를 바 없을 겁니다. 아마 할아버지도 반듯이 북쪽으로 머리를 두고 남으로 발을 두었을 겁니다. 잠자리에 누워 생각이 깊어지니 온몸에 전율이 입니다. 삶과 죽음이 겹쳐집니다. 오늘밤 이대로 누워 잠드는 것이 살아 있는 건지, 죽은 건지 모르겠습니다. 물론 내일 다시 깨어나면 살아 있는 것이겠지요. 머리끝부터 시작된 떨림이 발끝까지 동시에 이어집니다. 아직 정리가 되지 않은 생각이라 어지러이 맴돌기만 합니다. 잠자리만 뒤숭숭해집니다. 잠생각이 꼬리를 물지만 열만 세면 금방 잠들 것이고 또 내일이면 아무 일 없이 일어날 겁니다. 살고 죽는 것이 별일이냐고, 누워 계신 할아버지 목소리가 들리는 듯합니다.

복짓기

지리산 천왕봉 바람에 코끝이 싸한 섣달. 산청의 물레방아 마을이 복조리에 빠졌습니다. 해 저물 무렵, 증손주를 보듬는 왕할머니가 계신 따뜻한 아랫목이 있는 방입니다.
"조릿대는 양달은 억시고 음달은 부드러워.
아무래도 음달 게 좋지."
"조릿대를 넷으로 갈라서, 몰라서(말려서),
돌에 땅땅 털어서(껍질을 털어서),
물에 댓 시간 담가서(부드럽게 해서),
저려서(쟁여서), 갱기면(엮으면) 끝나지."
"조릿대는 매년 쪄야(베어 내야) 햇것이 올라오지.
묵은 대는 다 빨라져 못 써."
"옛날에는 겨우내 만들어 설 쇠었지.
애들 옷 사고, 신 사고, 제사 장도 보고 다 했지."
"지금은 곶감으로 설 쇠지. 복조리로는 설 못 쇠.
복조리는 복을 주는 거니 겨우내 넘을 위해 좋은 일 하는 게지."
"돈은 안 되니 그 맘으로나 해야지."
"사진쟁이도 복조리 많이 사 가서 많이 노나 줘."
"복 짓는 거야."
사진쟁이는 복을 한 아름 안고서 훈훈한 방을 나왔습니다.

눈보라

구례장은 부산합니다.

둥근 연탄화덕 탁자의 벌건 연탄불도, 비벼대는 언 손들도, 주막집 아줌마의 맛깔스런 반찬들마저도 부산합니다. 해장막걸리 한 사발에 들떠 떠들다가 창밖을 보니 눈보라가 천지간을 뒤흔들고 있습니다.

"5분만 나갔다 올게" 하고 막걸리 한 잔 털어 넣고 사진기를 들고 뛰었습니다.

옆에서 '쎙', 뒤에서 '쎙', 뺨과 뒷목을 때리는 눈보라 속에서 장마당을 헤맸습니다. 이럴 때 사진 찍는 방법은 간단합니다. 생각할 것도 없이 그냥 들이대면 됩니다. 눈에 보이는 그 모든 것들이 다 '리얼'입니다.

좌판에서 생선 파는 젊은 아낙이 소리칩니다.
"웬 날씨가 이 모양이여. 돈이고 뭐고 다 걷어 치워야제."
"우선 살고 봐야제."
나도 살려고 후다닥 주막집으로 뛰어들었습니다. 눈보라를 몰고 온 내 몰골에 주막
집이 시끌시끌합니다.
"눈이 오긴 오는가벼. 저래 눈 뒤집어쓴 거 보니."
딱 10분 간의 외출이었습니다.

동네 밴드

'동네 밴드'가 떴습니다. 올해 가장 춥다는 날에 올 들어 가장 뜨거운 밤을 보냈습니다. 우리 동네, 악양 사는 늙다리들이 밴드 멤버입니다. 면면을 뜯어보면 장작 가마의 불길이 기타로 옮겨 붙은 도자기장이가 리듬 기타, 만사 제쳐놓고 밴드에 올인한 옻칠장이가 베이스 기타를 맡았습니다. 어쩌다 동네 밴드로 파견까지 나온 하동군 공무원이 드럼, 동네 밴드의 빵빵한 악기를 저렴하게 밀어준 악기점 사장이 리드 기타 겸 보컬, 한자리 꼭 끼워 달라는 시인이 하모니카, 아빠 친구들의 압력에 떠밀려 나온 고삼 수험생이 건반입니다.

세상이 우울하고, 모두가 우울한 요즘. 경기가 좋을 때도 원래 우울했던 이들이 모두를 위해 제 몸을 불사릅니다. 너무 우울해하지 마세요. 불편하면 불편한 대로 즐겁게 살아갑시다. 여기 모인 이들처럼.

'비록 내일 쌀독에 쌀이 떨어질지언정 우리는 오늘 노래 부르리.'

대보름

대보름날, 동네사람 어깨춤에 악양이 들썩거렸습니다. 보름달이 질펀합니다.
돼지 열댓 마리에 막걸리, 소주. 잘 익은 김치에 굴 무채, 그리고 노란 고명을 얹은 떡국까지 실컷 먹고, 마시고, 달집 주위를 뱅뱅 돌았습니다.
이윽고 너무 꽉 차 무거운 둥근 달이 뜨자 달집은 '훨훨' 액운을 싣고 하늘 높이 날아갑니다. '딱딱 타닥 딱' 대나무 터지는 소리에 잡귀들은 올 한 해 동안 감히 우리에게 범접하지 못할 겁니다. 들떠 돌아다니다 아는 이를 만나면 '여름 더위 가져가라' 소리칩니다. 하지만 마누라한테는 '더위 가져가라' 하지 말랍니다.
그따위 헛소리를 하면 집에 가서 구박을 면치 못한답니다.
술기운, 불기운에 휘둘려 풍물패를 따라 이글거리는 달집 주위를 돕니다. 오늘은 그런 날입니다. 허나 내일은 아닙니다. 대보름 달맞이놀이의 끝은 바로 농사의 시작이기 때문입니다.
농사일이 아직 서툴지만 언제나 농사를 짓겠다는 마음만은 타는 달집처럼 '용맹정진'입니다.

섬진강 # 견지낚시

강물은 겨울을 흘려보내고 황어는 봄을 끌고 옵니다. 섬진강에 황어가 올라와야 지리산 매화가 핍니다. 섬진강이 바로 지리산입니다. 빛이 출렁이고 강물이 튀는 바람 거센 날, 화개천이 강물과 한 몸을 이루는 여울에 사람들이 몰렸습니다. 견지낚시꾼입니다. 강을 거슬러 오르는 황어를 낚아채며 비로소 봄을 느낀다는 이들입니다.

여울에 몸을 담그고 줄을 흘려 낚아채는 손맛에 저항하는 황어의 몸부림이 처절합니다. 생사의 줄다리기에 여린 낚싯줄이 팽팽합니다. 잡겠다는 이와 살겠다는 이의 다툼이 만만치 않습니다.

섬진강은 살아 있습니다. 절로 살아 숨 쉬는 강입니다. 우리가 모르는 뭇 생명의 왕성한 활동이 강과 산을 우리 앞에 펼쳐 놓고 있습니다. 앞으로도 계속 그러할 겁니다. 강은 이대로 흐르게 두어야 합니다.

매화꽃이 피고 지고, 황어가 죽고 살고, 봄은 오고 가고. 그 와중에 냄비가 끓기 시작합니다.

꽃비 나리는 **벚꽃길**

눈부신 날입니다. 천지가 하얗게 밝았습니다.
꽃비 나리는 화개 벚꽃길을 걸었습니다. 벅찹니다.
시절의 오고감을 항상 설레는 마음으로 담습니다.
세상이 참 고맙습니다.
어찌 이리 밝은 세상이 열렸는지 모르겠습니다.
10년 전, 온 나라가 세계화 깃발을 들어 올릴 때
희망이 보이지 않아 도시의 삶을 접고
자연에 몸을 기댈 마음으로 지리산에 내려왔습니다.
생각이 들면 실행은 단순, 무식입니다.
그 당시 산에 앞서거니, 뒤서거니 내려온 이들과 어울려
들로 산으로 쏘다녔습니다. 이름하여 '공포의 마실단.'
신나게 지리산을 즐겼습니다. 그 무렵 친구들과
보름밤 화개 벚꽃 길을 걸었던 일은 지금도 생생합니다.
그때만큼은 아니지만 지금도 벚꽃 길은
여전히 가슴 설레는 길입니다.
감사한 이 시간, 느린 걸음으로 꽃길을 걷습니다.
앞선 꽃놀이패들의 발걸음도 참 가볍습니다.

소와 _{쇠고기}

정육점 쇠고랑에 걸릴 쇠고기를 놓고 세상이 요란합니다.

"괜찮다. 먹어라." "안 괜찮다. 너나 먹어라." 물론 세상일이라

는 것이 늘 복잡한 이유가 있겠지만 쇠고기 파동은 허둥대는

게 많아 보입니다. 봉창 두드리는 소리인지는 모르겠지만 쇠

고기와 소는 다릅니다. 음메 하며 우는 소 혓바닥, 휘익 날아

쇠파리 쫓는 쇠꼬리, 철퍽철퍽 논바닥을 딛는 쇠족. 모두 한

몸입니다. 우리들의 향수입니다. '놀토'에 나들이가다 마주

치는 소 있거들랑 물어봅시다. 지금 우리들이 제정신인지.

죄송합니다. 소님.

갯바람

'슬로우 시티' 국제회의와 '슬로우 걷기대회' 참석 차
완도에 갔습니다. 잠시 짬을 내 장보고의 본거지, 장도
가 보이는 갯벌을 걸었습니다. 오랜만에 맡아보는 갯바
람입니다.

"할머니 뭐하세요?" "석화 캐요." "언제부터 캐셨어
요?" "8시 차로 왔어요." "이 동네 분 아니세요?" "딴
동네 살아요. 이 근처는 양식장이 없어서 여기서 캐요."
"양식장요?" "넙치나 전복 양식장에서 나오는 물이 안
좋아 거기선 안 캐요."

"석화 맛있죠?" "안 먹고 완도 장날에 가 팔아요." "장
에다 파세요?" "예, 석화젓, 석화 생것, 유채나물 데친
것, 고구마도 다 가져가요." "힘들지 않으세요?" "누가
벌어주나요, 내 안 벌면. 허리가 아파도 먹고 살려면 해
야지." "병원을 사흘도리로 가요." "그럼 석화 캐서 병
원비 하세요?" "영세민이라고 병원은 무료예요." "자제
분은요?" "아들이 당뇨라 많이 아파요. 당뇨는 잘사는
사람 병이라던데……."

더 이상 이야기를 나눌 수 없어 돌아섰습니다. 갯벌에
빠지는 발걸음이 무겁습니다.

경로잔치

악양 사는 이유가 이렇습니다. 제41회 악양면 경로잔치가 초등학교 강당에서 성대하게 열렸습니다. 요즘 보리 타작에, 못자리내기, 매실 수확까지 겹쳐 바쁜 시기입니다. 마침 오전에 내린 비로 논밭 일을 미룬 어르신들이 무려 600명 넘게 모였습니다. 행사를 준비한 악양면 청년회는 밀려드는 어르신을 맞이하느라 눈코 뜰 새가 없습니다. 그래도 잔치는 손님이 많아야 제 맛이고 음식은 넉넉해야 제 맛입니다. 지금 그렇습니다. 저도 사진 몇 장 찍고 뒤편에서 잘 얻어먹었습니다.

청년회, 새마을부녀회, 생활개선회, 적십자회 등 악양 사는 아주머니들이 죄다 모여 음식을 장만합니다. 안에서 나르고 밖에서 차리고 내 일 남 일이 없습니다. 맥주를 얻어먹으며 "힘드시죠?" 여쭈니 한 아주머니 말씀, "아뇨, 무한봉사예요."

무한봉사. 딱 들어맞는 말입니다. 배려하고 어울려 살아감이 편안합니다. 악양 사는 이유가 이렇습니다.

맥추

구중중한 날입니다. 가득히 그리움에 휩싸입니다.

앞앞 들판에 보리가 한참 익어갑니다. '맥추(麥秋)'. 보리가을입니다. 보리가을은 지난 시간의 그리움입니다. 같이 있을 수 없는 '젊어 싱그러운 초여름'과 '늙어 원숙한 가을'이 나란히 있습니다. 이성이 아닌 감성의 시간이 뒤섞였습니다.

늙은 가을은 이내 젊은 여름으로 자리를 내어주어야만 합니다.

보리를 걷고, 논에 물대고, 모를 심으면 순식간에 들판은 초여름의 싱그러움으로 제자리를 찾습니다. 젊음이 늙음을 밀어냅니다. 그래서 보리가을은 더욱 그리움으로 남습니다.

현실을 잊어버리거나, 혹은 잃어버리려는 마음이 가득할 때, 그래서 그 현실을 벗어나고 싶을 때 필요한 것이 바로 '그리움'인 듯합니다.

악양면민 **체육대회**

뻐꾹새 우는 초 여름날에 '2008 악양면민 체육대회'가 열렸습니다. 악양청년회 젊은 친구들이 준비하고 온 동네 어르신들이 즐겁게 노는 한 판 놀이마당입니다. 나는 매양 그렇듯이 사진기 하나 달랑 들고 이곳저곳 기웃거리며 소주, 맥주, 막걸리를 두루 얻어먹고 웃고 떠들며 한나절을 보냅니다.

평사리 마을 양승옥 아주머님이 굴렁쇠 굴리기에서 1등 했습니다. 평생 내세울 것 없었다는 그가 팔자에 없는 1등을 했습니다.

"1등상이 뭐예요?"

"삽."
"웬 삽?"
"뭐 열심히 일하라고 그러나보지."
"그럼 삽에 리본 묶어 벽에 걸어 놓아야죠. 생전 처음 1등한 거 아녜요?"
"에잉. 마을 대표로 나갔으니 회관에 기증해야지."
평사리 마을 어귀에서 조그만 셋집을 얻어 장사를 하는 아주머님은 남 주길 좋아하
는 욕심 없는 분입니다. 그래서 늘 웃으면서 하루를 보내십니다.
아주머님의 속은 어떨지 몰라도.

지 리 산 학교

지리산 학교 선생들이 하동 야생차 축제에서 작품전을 열었습니다. 지리산 학교는
악양 지역에 사는 문화예술인들이 모여 만든, 열린 학교입니다. 주민에 의한, 주민을
위한, 주민 스스로 만든 문화예술 소통과 참여의 장입니다.
지리산에 내려온 지 10년, 나이 오십에 지역 사회의 일원으로 할 일을 찾았습니다.
드디어 5월 9일 첫 입학식을 엽니다.
지리산 학교는 번듯한 건물이 없습니다. 실기과목인 도자기 · 목공예는 각 선생의 작
업장에서 강의와 실습이 이뤄집니다. 사진 · 시문학 · 그림 · 퀼트 · 천연염색은 시골

집을 개조해 만든 조그만 강의실에서 진행합니다. 특히 숲길 걷기반은 지리산 숲길을 걸으며 나무와 풀, 바람과 햇빛을 보고, 느끼고, 대화하는 수업입니다. 그야말로 시골 학교입니다.

처음 시도하는 일인지라 시행착오를 각오하고 시작했습니다. 어떤 일이든 처음에는 어려움이 있기 마련, 시작을 두려워하지 않았습니다. 꿈은, 꿈은 어려움 속에서 이루어집니다.

우중출사

장맛비가 오락가락하는 날, 지리산 학교 사진반 학생들과 화엄사에 갔습니다. 비가 내려도 촬영가자는 강력한 주장에 나선 우중출사입니다. 화엄사는 각황전과 네 마리 사자조각이 받든 삼층석탑을 비롯한 국보급 문화재가 즐비한 지리산 최대사찰입니다. 엄중한 울림이 있는 큰절입니다. 화엄사를 무겁게 덮은 비구름이 흩어지며 안개가 되어 내려옵니다. 스멀스멀 젖어드는 안개비 속을 조심스런 발걸음으로 걷습니다.

넋 놓고 걷는 어느 순간, '뎅, 뎅~ 뎅' 범종소리가 울립니다. 정오에 맞춘 열두 번의 울림이 온 산과 절에 퍼집니다. 숙연한 마음이 머리끝까지 이어집니다. 보제루 처마 밑에 앉아 말없이 짧은 시간을 보냅니다. 마음 깊은 곳에서 여전히 종소리가 울립니다. 촬영을 끝내고 절 앞을 흐르는 계곡을 건너 큰 바위에 홀로 앉았습니다.

불어난 계곡물이 바위를 들썩이며 숨 가쁘게 흘러갑니다. 거친 물소리가 절 앞 찻집에서 흘러나오는 명상음악과 몸을 섞고, 몰래 뿜는 담배연기는 안개비와 몸을 섞습니다.

고이도 흔들리는 '울림'입니다.

꽃물 들인 소녀

논길을 지나다 어린 소녀를 만났습니다.

낯선 사람이 사진기를 들이대니 적이 놀란 눈빛입니다. 딱 한 컷 찍으니 후다닥 도망갔습니다. 말 한마디 건넬 시간도 없었습니다. 사진을 찍는 사람은 어떤 순간을 잡기 위해 갑자기 사진기를 들이댑니다. 그러면 찍히는 사람은 준비되지 않은 마음에 놀라게 마련입니다. 특히 길가에서 찍는 사람 사진은 대체로 그렇습니다.

사진이 지닌 폭력성. 참으로 못된 사진가입니다. 그러나 한두 장 찍고 나면 방글방글 웃는 얼굴로 인사하고, 무언가 묻기도 합니다. 제 할 일 다 하고 나서 뒤늦게 아양을 떠는데 이 아이는 아양 떨 시간조차 주지 않고 달아났습니다.

그저 짙은 녹색을 뿜내는 논에, 예쁜 만화가 그려진 빨간 티를 입은 어린 소녀, 노란 채집통과 분홍 잠자리채가 한눈에 들어와서 무작정 벌인 일입니다.

손에 꽃물들인 이름 모를 소녀여, 잠자리는 어지간히 잡고, 어린 시절 추억은 실컷 잡아라.

여름방학이 끝나갑니다.

다산이네

보통 우리 집을 '다산이네'라고 부르지 '창수네'라고 부르지 않습니다. 이름이라는 게 원래 남이 불러줄 때 의미를 지닐 터, 다산이네 하는 것은 집에서 저의 존재가 다산이만 못하다는 겁니다. 게다가 내 밥보다 다산이 밥을 더 챙기는 마누라를 볼작시면, 그저 입맛이 씁쓸합니다.

다산이는 사람의 마음을 홀리는 능력이 뛰어납니다. 특히 과자라도 하나 손에 들고 있으면 우아함과 비굴함 그리고 고매함과 처량함을 적절히 섞어 과자뿐만 아니라 사람의 마음도 제 앞에 내려놓게 만듭니다. 아마 집에 나이가 적당히 든 딸내미의 여우짓도 그와 같을 것입니다.

도회지에서 예삐, 뽀삐, 해피로 불리는 견공들을 키우는 아저씨들은 무고하신지요? 저처럼 견공들에게 상대적 박탈감이나 소외감을 느끼는 분은 없으신지요? 혹 저만 그런 건가요?

'개만큼만 하면 성불한다'는 말이 있습니다. 개 같은 마음으로 살아갑시다. 사람들이여.

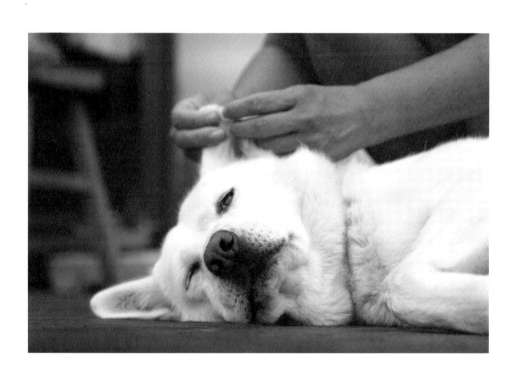

지 리 산 의

사생활

해는 이미 산을 넘었습니다. 붉은 빛 구름도 어둑하게 비어버린 하늘에서 흐려져갑니다. 어둠이 왕성했던 한낮의 흔적을 집어삼킵니다. 스러져가는 마음에 한 점 달빛이 새겨집니다. 어둑한 하늘에 맑은 달이 또렷이 제 모습을 드러냅니다. 이즈음, 깊어진 숲은 서늘합니다. 산을 쓸고 내려오는 바람 타고 이름 모를 새들의 지저귐이 처처에 퍼집니다. 고요하고 쓸쓸한 산중 시간입니다.

들 판 이 나
걸지요　　　　　　　　　겨울을 걸었습니다.

　　　　　　　　　고요함 가득한 하얀 눈길을 걸었습니다. 앞선
발걸음 새겨진 눈길을 걸으며 나뭇가지 부러지는 소리를 들었습니다. 가
지가 떨어져나간 자리 위로 새순이 돋아날 것을 압니다. 그러기 위해 이
겨울을 견뎌야 합니다. 마른 나뭇가지, 웅크린 어깨. 나는 시린 손을 주머
니에 넣고 이 겨울을 걸어갑니다.

길을 걸었습니다.
싸한 바람 부는 둑길을 걸었습니다. 겨울 강에 높고 푸른 하늘빛이 내려앉

았습니다. 코끝이 쩽한 겨울 강은 코발트빛입니다. 이미 모든 것을 털어낸 산 그림자가 겨울 강에 어른거리며 흘러갑니다. 지난 시간, 묵묵히 자리한 바위는 오고가는 산 그림자를 말없이 보냅니다. 세찬 바람 이는 겨울 강 따라 산 그림자를 좇습니다.

봄을 걸었습니다.
어느새 꽃망울 단 매화나무 길을 걸었습니다. 어린 매화는 시린 북풍이 남풍에 밀려나야 피어납니다. 매화도, 나도 남풍을 기다렸습니다. 아직 쉬 떠나려 하지 않는 북풍에게 마지막 인사를 하며 묵은 가지 끝에 달린 매화 길을 걸어갑니다.

길을 걸었습니다.
봄빛 아른거리는 유채꽃 길을 걸었습니다. 대지는 알록달록 생명의 기운을 뿜어냅니다. 들길에 노랑 유채꽃 만발하면 봄빛 깊은 산길에서 분홍빛 철쭉이 화답합니다. 바람과 빛에 취합니다.

여름을 걸었습니다.
물안개 오르는 강가, 자갈밭을 걸었습니다. 각기 다른 모습으로 어울린 강 자갈이 아름답습니다. 잔물결 넘치는 강으로 향합니다. 인기척에 놀란 백

로는 두세 번 날갯짓으로 강을 거슬러 오릅니다. 백로 떠난 바위에 걸터앉

아 떠나가는 강물을 하염없이 바라봅니다.

비구름 춤추는 산으로 달음질쳤습니다. 바람과 구름을 가르며 오른 산에

는 나무가 뿜어낸 서늘한 향기가 가득합니다. 모든 존재의 원형은 흙과 뿌리의 만남에서 시작해서 줄기를 타고 잎사귀에서 완성됩니다. 땀 흘려 걷는 숲길에는 원형의 향이 가득합니다. 깊은 숨을 마십니다.

가을을 걸었습니다.

억새바람 춤추는 들판을 걸었습니다. 자유자재한 마음으로 만나는 모든 것들에게 고개 숙여 경의를 바칩니다. 가을볕에 익어 넘어진 억새 들판에 풍성함이 만발합니다. 일 없이 보낸 세월에도 저들은 이렇게 모습을 드러냅니다. 망나니 같은 삶도 고마움을 아는 가을날입니다.

길을 걸었습니다.

발길에 차이는 풀꽃을 헤치며 산새소리를 쫓아갑니다. 둥지를 찾아 흔적 없이 사라진 산새소리는 뒤로 하고 그저 풀씨만 묻혀 나옵니다. 순간입니다. 꽃이 피고, 씨앗을 맺기까지는 그리 오랜 시간이 걸리지 않습니다. 스치는 시간에 숲은 피고지고, 그 길을 지나갑니다.

　소리 없는 계절의 뒤바뀜 속에서 한생명이 흘러갑니다.

　봄이 왔습니다.

　말없이 매화가 열렸습니다. 지리산에 살면서 정을 통한 것이 매화나무입니다. 숨죽인 겨울에 숨통을 트인 하얀빛, 분홍빛, 연초록빛 그리고 빨간빛으로 꽃을 피우는 매화를 사랑하지 않을 수 없습니다. 매화를, 봄을 사랑합니다.

어린아이와 같이 맑은 스님이 있습니다. 꽃을 무척 좋아하는 스님입니다. 그 스님을 만나면 그냥 좋습니다. 스님이 악양에 새로 토굴(스님들이 홀로 수양하시는 처소를 이르는 말)을 지어 자주 만나지만 안거철에는 큰절에 가서 수행합니다. 동안거가 끝나는 정월 대보름 무렵 불이 나게 전화가 옵니다. 악양 매화가 꽃망울을 열었냐고 달뜨게 묻습니다. 매화 때문에 수행공부 제대로 하겠냐고 핀잔을 줘도 허허 웃으시며 매화 소식만 묻습니다.

해는 서산 너머 가고 달빛이 좋은 날, 스님과 함께 매화밭길을 걸었습니다. 매화 향에 취하고, 달빛에 취하고, 스님의 허허로운 웃음에 취합니다. 부처님 모시는 토굴에 앉아 따뜻한 차에 매화 한 송이를 띄웁니다. 달빛이 창을 밝히는 밤에 한가로이 앉아 매화차를 마시며 하루를 닫습니다. 온 몸에 봄 향기가 가득 퍼집니다. 봄을 사랑하지 않을 수 없습니다.

산수유, 벚꽃, 철쭉 피는 걸 보다 어느새 여름이 왔습니다.

섬진강 따라 구례장 가는 길에 배롱나무가 즐비합니다. 물을 흠뻑 먹는 장마철에 피기 시작하는 배롱나무 꽃은 한 여름 땡볕을 온전히 버텨내며 피고 또 핍니다. 작은 꽃망울이 무더기로 피고 또 펴, 꽃이 백일은 간다고 백일홍이라고 부릅니다. 그래서 여름 꽃은 배롱나무가 으뜸입니다.

지리산에 살면서 한동안 쌍계사에 딸린 국사암에 자주 갔습니다. 국사암은 진감국사 혜소스님이 거처한 암자입니다. 국사암의 문수전 뒤로 오

르면 그 끝에 산신각이 있습니다. 깊은 골에 높다랗게
선 산신각은 산중암자의 전형입니다. 산신각 계단에 걸
터앉아 스님들 몰래 담배 한 대 물면 이쪽 세상에서 저
쪽 세상으로 빠져드는 듯합니다. 적막함이 좋습니다.
살랑살랑, 시원한 바람이 뺨을 비비는 여름날, 산신각
에서 바라보면 붉은 꽃을 흐드러지게 펼친 늙은 배롱
나무가 눈에 들어옵니다. 미끈한 줄기에 잎사귀 하나
없이 오직 붉은 꽃만 가득 단 배롱나무가 무릉도원을
펼칩니다. 꿈꾸는 듯합니다. 배롱나무에 빠져 지금껏
여름만 돌아오면 국사암 배롱나무를 잊지 못합니다.
울울창창한 한여름의 꿈에서 깨어나니 어느새 가을이
코앞에 있습니다.

  들뜬 발걸음으로 풍년을 약속한 악양 무딤이들판
을 걸었습니다. 둑길을 쌓기 전에는 섬진강물이 들어
'물이 드는 들판'이라 무딤이들판이라고 합니다. 가로,
세로 농로가 쭉쭉 뻗어 해질녘 산책하기에 좋습니다.

"이 선생, 들판이나 걷지요." 전화기 너머 스님 목소리가 정겹습니다. 들판 입구에서 만나 정해진 방향 없이 걷습니다. 그저 걷는 길에 억새꽃 바람이 흥겹고, 들판 가득 벼이삭이 춤춥니다. 돌아오는 길은 더욱 아름답습니다. 섬진강 넘어, 백운산으로 지는 해는 붉은 노을빛으로 들판과 스님 등을 물들입니다.

가을은 넉넉합니다. 넉넉함은 따뜻함입니다. 들판도, 하늘도, 한 잔의 차도 따뜻합니다. 풍요함에 들뜬 마음을 가라앉히기에는 차 한 잔이 최고입니다. 마음을 준 사람과 함께 마시는 차는 행복, 그 이상입니다. 하얀 찻잔에 담긴 차는 하얀 꽃잎에 노란 꽃술을 잔뜩 품은 녹차꽃을 빼닮았습니다. 모두가 시들해진 늦가을에 생기 가득한 차꽃은 가을꽃의 으뜸입니다. 늦은 가을을 밝힌 차꽃이 지면 겨울입니다.

겨울은 파랑입니다. 꼼짝 못하도록 차가운 북서풍이 부는 날, 높은 하늘이 파랗습니다. 이보다 더 청한 하늘이 또 있을까요? 이렇게 맑은 하늘은 추위가 몰아치는 한겨울에만 볼 수 있습니다. 그래서 겨울은 파랑입니다. 파란빛이 흰 눈 덮인 겨울세상을 밝힙니다.

아직 동트기 전, 새벽 어스름에 섬진강에 갑니다. 아침햇살 비치기 전, 파랑이 짙은 보랏빛 하늘이 강물에 비칩니다. 밤새 추위에 떤 조약돌마다 살얼음이 푸른빛을 머금었습니다. 맑은 살얼음 밑으로 강물이 쉼 없이 흘러갑니다. 얼어붙은 강에도 강물은 흐릅니다. 조금만 귀 기울이면 그 속내를 들여다볼 수 있습니다. 드러난 것과 속내가 다르고 세상사가 다 그러합니다. 어둠이 앞을 막아도 분명 어딘가 헤쳐갈 밝음이 있다고, 차가운 얼음 밑을 흐르는 강물이 말합니다.

이윽고 겨울 강에 아침햇살이 감쌉니다. 따뜻합니다. 융을 안감으로 댄 장화를 신고 겨울 강을 사진기 둘러메고 걸어갑니다. 눈 덮인 지리산 노고단이 아침햇살에 빛납니다. 눈 덮인 산은 모두 흰머리 산, '백두산'입니다. 흰머리 산이 겨울 지리산에도 있습니다. 흰머리 산은 우리 모두의 가슴에 있는 산입니다. 흰머리 산은 우리의 정신, 우리의 마음에 깊이 각인된 원형의 그 어떤 것입니다. 아침햇살에 빛나는 흰머리 산을 벅차게 바라봅니다. 혹독한 북서풍이 부는 섬진강을 거닐며 장하게 겨울을 났구나 하고 중얼거립니다. 그 순간, 묵은 매화나무 가지에 꽃망울이 터지려 합니다. 벌써 봄인가 봅니다.

노란 _{봄 꽃}

막 점심을 끝낸 노곤한 오후, 마실 삼아 동매마을 사는 '전업 총각' 박남준 시인 집에 갔습니다. 박 시인이 전주 모악산에 살면서 애지중지 키우던 복수초가 볕 밝은 곳에서 활짝 피었습니다. 봄이 용솟음쳤습니다. 시인의 집 앞마당에 성질 급한 봄이 우뚝합니다.

매화 꽃망울도 지난 단비에 힘을 받아 이제 막 움찔거리는데, 이놈은 벌써 봄을 활짝 열어젖혔습니다.

느린 악양의 산중 생활은 천천히 시간을 따라갑니다. 하지만 이렇게 갑작스레 노란 봄꽃이 나타나니 놀라게 됩니다. 생각해보니 바람과 빛의 따뜻함을 예민하게 느끼지 못하고 여태 겨울 솜바지차림으로 지낸 탓인가 합니다.

햇빛과 바람의 작은 지나감도 몸과 마음으로 느낄 수 있어야 진정한 산중 생활이 아닐까 되새깁니다. 아직 멀었습니다.

산중 생활은 지식보다는 지각이 더 중요하다고, 노란 봄꽃이 말합니다.

할미꽃

할미꽃이 햇살에 빛납니다.
봄을 알리는 할미꽃이 초여름날, 마지막 꽃을 피웠습니다.
다 피워 고개 숙인 꽃과 한 키를 더 올려 흰 수염을 단 열매,
그리고 그 흰 수염마저 털어낸 열매가 한자리에 있습니다.
무릎 꿇고 몸을 한껏 낮춰 할미꽃의 제 모습을 봅니다.
할미꽃의 세상살이가 한눈에 보입니다.
평소에 내가 다른 이에게 마음을 얹어 무릎 꿇은 적이 있는지,
이렇게 몸을 낮추어 남을 높였는지 곰곰이 생각해봅니다.

뒷산 철쭉밭

뒷산에 올랐습니다. 해발 1150미터를 자랑하는 형제봉입니다. '빡세게' 치고 오르면 정상에서는 섬진강을 바라보며 내리막 능선 길로 산행할 수 있습니다. 잡나무 우거진 능선 길 따라 40여 분 가면 구름다리가 멋진 신선대가 나옵니다. 신선대 능선에 철쭉이 한창입니다. 멀리 섬진강과 악양 무딤이들판이 어울린 풍경은 지리산 봄 산행의 백미입니다.

제자리에, 제때 핀 철쭉꽃이 아름답습니다. 이른바 전원주택의 돌 축대나 돌계단 사이에 심은 철쭉은 왠지 탐탁지 않습니다. 부자연스러워 철쭉이 예뻐 보이지 않는데 이곳 철쭉은 다릅니다. 역시 사람의 손을 거치지 않은 것이 예쁜 걸 보면 사람들은 일손을 놓아야겠습니다.

형제봉 오르는 길 맨 끝, 내려오는 길 맨 처음에 있는 녹슨 집에 오시면 시원한 냉수나 따뜻한 차 한 잔 마실 수 있습니다. 시린 무릎, 쉴 수 있습니다.

숲 의 **틈**

집 앞 형제봉 등산로를 살짝 벗어나면 고적한 대밭이 나옵니다. 풀과 나무들의 광합성 작업이 왕성한 정오 언저리에는 숲 냄새가 진동을 합니다. 숲이 뿜어대는 향을 온몸으로 느끼며 천천히 숲길을 걸었습니다. 숲길에서는 눈, 코, 입, 귀, 피부 그리고 마음까지, 모든 감각이 열립니다. 이 깊은 숲 속으로 몸과 마음이 빠져들 것 같습니다. 성스러운 곳에서 펼쳐지는 인디언 주술사의 몸짓과 다르지 않을 듯합니다. 이런 숲에서는 누구나 범신론자가 되기 마련입니다.

깊어진 숲의 틈에 한 줄기 빛이 내렸습니다. 풀잎이 빛을 반기고 바위가 그 그림자를 반겨 제 몸에 안습니다. 발걸음 멈추고 송골송골 맺힌 땀방울을 식히며 저들을 기쁘게 바라봅니다. 숲의 틈으로 흐르는 빛의 소리에 귀 기울입니다.

풀꽃들

악양과 청학동을 잇는 회남재를 갔습니다. 예전에는 청학동 도인들이 먹을거리를 구하러 악양장에 다녔던 길입니다. 지금은 그림자 잃어버린 옛길이 되어 풀꽃들만 요란합니다.

고즈넉한 낮, 숲에서 들리는 새소리와 귓가에 맴도는 산모기의 날갯짓 소리가 버물려 꿈과 생시를 오가게 합니다. 풀꽃들의 현란함에 취해 언젠가, 서울 한구석에서 '빼갈'로 마음을 섞던 친구들에게 '어차피 돌아갈 흙, 그 흙이 알고 싶다'고 떠들던 때가 불현듯 떠오릅니다.

그때는 뭉툭하거나, 혹은 이 빠진 칼날을 휘두르던 시절이었습니다.

풀꽃들 앞에서 생각에 잠깁니다. 시왕청 들기 전에 풀꽃 뿌리를 품은 흙처럼 살 순
없을까?

풀들이, 꽃들이 작은 바람에 살랑 움직입니다.

풀들아! 꽃들아! 내게 무슨 말을 하고 있니?

'썰' 풀지 말고 그냥 가. 가다가 바람 불면 생각 던져버리고 흙냄새나 맡아.

강가 에서

버드나무에 물이 올랐습니다. 연녹색 어린 잎이 귀엽습니다. 묵은 가지 끝에 간신히 매달렸습니다. 바람결 따라 버드나무가 춤을 추고 덩달아 신우대도 제 몸을 가누지 못합니다.

흐리고 바람 부는 날에 바람을 맞습니다. 흔들리는 사진기를 부여잡고 몰아치는 바람 한가운데 서봅니다. 존재감이 충만합니다. 이른 봄바람에 바지 속은 얼어도 이렇게 서 있는 것만으로도 기쁨이 입니다.

이런저런 삶 속에서 더러 혼자 있음을 즐길 수 있다면, 그 자체가 행복입니다. 하지만 혼자 있어도 혼자 있는 것이 아닙니다. 강과 백사장, 버드나무와 신우대, 그리고 카메라와 나. 모든 것이 사이좋게 이곳에서, 이 시간을 즐기고 있습니다.

자신과 자신의 시간을 지나치지 맙시다.

혼자 혹은 여럿이 있어도 언제나 즐거운 우리의 시간입니다.

식목일입니다. 친구를 심읍시다. 저는 심었습니다.

자운영  紫雲英

부처가 타고 다닌다는 붉은 구름이 꽃 되어 논바닥에 깔렸습니다.
꽃 이름치고 이만큼 예쁜 이름도 드문 듯합니다.
촉촉한 아침 이슬 머무른 꽃망울에 햇살이 다가가니 자운영 꽃이 스스로 제 몸을 밝힙
니다.

황홀한 빛을 여는 상서로운 아침입니다.

숨을 아래로 내리고 눈에 힘을 살짝 뺀 채 새털같이 가벼운 걸음을 걸으면, 길가의
풀과 꽃들이 살갑게 다가옵니다. 풀과 꽃들의 '말'이 저마다 빛을 타고 옵니다.

세상은 아름답다고, 언제나 이 아침은 아름답다고 이야기합니다.

부처는 붉은 구름을 타고 다녔다지만 나는 붉은 구름에 빠져 꽃이 되었습니다.

산새 소리

잠에서 깰 즈음 새소리가 들립니다.

껌벅이는 눈과 무거운 몸을 끌고 나가 큰 숨을 쉬며 아침을 맞이합니다.

산새들이 아침을 엽니다.

작은 몸집의 박새, 조금 시끄러운 직박구리와 묵직한 검은빛 까마귀.

펼친 날개 끝이 우아한 겨울 손님, 독수리.

그리고 꿩과 어치, 산비둘기까지 눈에 띕니다.

각기 우는 목소리가 메아리 되어 아름답습니다.

눈을 감고 그 소리에 귀 기울입니다.

원래 '보는' 것은 마음을 세우는 것이고 '듣는' 것은 마음을 여는 겁니다.

문명은 눈을 통해 들어오고 자연은 귀를 통해 들어옵니다.

하늘을 가로지른 까마귀가 낙엽송 가지 끝에 앉아 아침을 엽니다.

비구름 속을

장마입니다. 소리 소문도 없이 장마가 왔습니다.

기상청에 있는 슈퍼컴퓨터도 지구 온난화 때문에 변덕부리는 날씨를 제대로 알아맞히기 어렵다고 합니다. 난감한 일입니다. 산에 사는 사람들은 일기예보에 민감합니다.

산에 기대어 사는 만큼 날씨에 따라 해야 할 일이 많기 때문입니다.

큰 비가 오기 전에 산에서 내려오는 물길도 잡고, 밭이랑도 손질하고, 널어놓은 먹을거리도 채비하고, 밀린 빨래도 하고, 집 안팎으로 눅눅해지기 전에 이것저것 정리해서 바람이 잘 통하게 해야 합니다.

그래야 장마철을 무사히 보낼 수 있습니다.

삼 색 수국꽃

나는 무엇을 보았는가?

지나는 길가에서 수국꽃을 보았습니다.

고아하면서 탐스러운 수국꽃이 한 무더기 피었습니다. 지나친 길 돌아가 꼼꼼히 바라보니 한 몸에서 여러 갈래의 꽃이 피었고, 그 꽃들은 각기 다른 색을 띠고 있습니다.

한 몸에서 연한분홍, 연한자주, 연한노란색 꽃이 뒤섞여 아름답게 피었습니다. 흙의 산성도나 시기에 따라 변하는 게 꽃 색깔이지만 일본에서는 게이샤의 절개 없는 마음에 비유했다고도 합니다.

우리가 수국을 바라보는 것처럼 수국이 우리를 바라본다면 우리들 또한 그와 같지 않을까요. 한 몸에 여러 마음을 품고 때마다 색을 바꾸는 게 어찌 게이샤뿐이겠습니까.

제 마음도 요즘 장맛비가 오락가락하는 것과 그리 다르지 않습니다. 그러나 매 순간 하늘과 땅의 순리에 맞추어 살아간다면 그것이 이 세상 살아가는 우리들의 길인 듯합니다.

어둠에 밝은 **달**

해가 멀어질수록 달은 밝아집니다. 제 몸을 태워 빛을 내는 해는 간 곳 없지만 그 빛을 받은 달은 온 산, 깊은 숲을 어렵사리 드러냅니다. 흔적 없는 해가 달과 숲을 밝히니 흔적이 없다 할 수 없습니다. 살아가는 것은 흔적을 남기며 지우는 것이고, 지우며 남기는 것입니다.

아궁이에 불을 지핍니다. 마른 장작이 제 몸을 태워 구들장을 데우며 흔적을 지우고 있습니다. 고개를 돌리니 깊어지는 어둠에 밝은 달이 유난히 곱습니다.

살아 있습니다

여름빛과 여름비를 물씬 먹어 녹음 짙은 산길을 걸었습니다.

습기 먹은 나뭇잎 쌓이고 쌓여 중화된 향기가 사방에서 피어납니다. 산그늘이 서늘합니다. 옅은 구름을 뚫고 이제는 두터워진 참나무 잎 사이를 비집고 산길에 생명 가득한 빛이 내립니다. 빛이 충만합니다.

길을 멈춥니다. 조용히 빛을 즐깁니다. 그저 멍한 눈에 보이는 것은 덩굴풀잎과 나무 밑동, 그리고 습기 먹은 흙과 돌멩이뿐입니다.

하지만 모두 살아 있습니다. 지금, 여기서 무엇을 더해야 하는지, 혹은 무엇을 빼야 하는지 모르겠습니다. 그 자리에 그리 있는 것이 바로 '살아 있음'입니다. 어울림입니다. 각자가 서로를 이룹니다. 그것이 아름답습니다.

움직이는 산이고, 살아 있는 자연입니다. 산에는 산이 없고 그저 마음이 있습니다. 이편 산길 어느 한 구석이 그러하면 아마 저편 세상도 그러하겠지요.

멍한 눈으로 본 멍한 세상에 허튼 소리가 많습니다.

신선 놀음

소낙비 내리는 날
원추리 꽃 흐드러진 노고단 운해를 보러 길을 떠났습니다.
비구름 사이로 첩첩이 늘어선 산봉우리들을 보려고 벗길을 뚫고 갔습니다.
성삼재에 차를 세우고 한 시간가량 걸어 오르니 노고단 정상입니다.
등산하는 수고를 덜고 산 아래를 굽어보기에 이보다 쉬운 방법이 없을 듯합니다.
참으로 게으른 산행입니다. 흰 구름이 푸른 산에서 일어납니다.
화엄사 계곡에서 일어난 구름이 섬진강을 타고 남쪽 조계산 구름을 만나더니
일부는 여수 앞바다로, 일부는 멀리 무등산을 향해 갑니다. 마치 지리산 마고할매가 조화를 부려
흰 구름 타고 남도 땅을 두루 구경하는 듯합니다. 신선이 산수간을 노니는 것이나 마찬가지입니다.
남해 가까이 섬진강과 지리산을 끼고 사는 헐렁한 사진가의 저녁나절입니다.

장자처럼, 나비처럼

얕은 바람이 부는 저물녘입니다. 주홍빛 범부채꽃 향기를 따라 호랑나비가 바람 타고 날아듭니다. 한여름에 나비는 풀잎 위에 천천히 알을 슬며 다음 생을 준비합니다. 그러고는 한 생명이 다합니다. 나비의 삶은 자연의 도리를 거스르지 않는 일생입니다. 장자는 한여름 낮더위에 지쳐 낮잠을 자다가 나비 꿈을 꾸었을 겁니다. 꿈에 나비가 되어 훨훨 날아다니다 꿈을 깨니 도로 장자가 되었다는 이야기 말입니다. 장자는 지금의 장자가 혹시 나비가 꾸는 꿈속의 장자가 아닐까 의심하게 되었답니다. 서로 얽혀 변화하고, 우리는 모두 전체에 얽힌 하나라는 이야기로 이해하고 싶습니다. 한순간이 평생이고 평생이 한순간이니, '지금 오늘'을 도리에 맞게 살면 하루를 살아도 오래 산 것이고, 도리에 맞게 살지 못하면 백년을 살아도 짧게 산다는 말 아닐까 생각해봅니다.

완벽한 여름

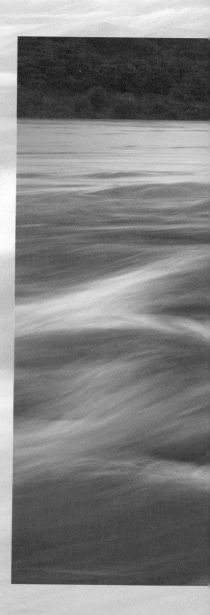

완벽한 여름입니다. 햇빛과 비구름의 왕성한 기운에 산 녹음도, 강 흐름도 깊어졌습니다. 깊어진 여름날, 이른 아침에 나선 걸음이었는데 어쩌다보니 계곡이 너른 강을 만나는 곳까지 왔습니다. 아침 걸음은 생각이 비어 있는 걸음입니다. 방향도 없이 바위 무더기까지 왔습니다. 유독 마음을 끄는 바위 앞에 서서 한참 쳐다보고 또 쳐다봤습니다. 세월에 깎여 둥글한 듯 둥글하지 않은 바위입니다. 지금 바위의 모습은 오만 년인지, 오천 년인지 모를 시간이 걸려 만들어진 모습입니다. 나의 모습 또한 이 만큼의 시간을 보낸 흔적입니다. 지금 나는 축적된 지난 시간의 현재이고, 미래의 현재입니다. 함부로 할 수 없는 현재입니다.

넘쳐대는 물살의 요란함도 들리지 않는 침묵의 시간을 보냅니다. 홀로 낯선 자리에 앉아 지난 시간의 물을 바라봅니다. 물살이 강에 가득합니다. 물은 가뭇없이 떠나가고 바위는 무거운 마음으로 홀로 남습니다. 여름이 시작하면서 갑니다.

배롱나무 ^{꽃 노 래}

배롱나무 꽃이 지면 여름이 갑니다. 여름은 초록입니다.

초록 세상인 여름에 붉은 배롱나무 꽃이 피었습니다. 배롱나무는 한여름 땡볕을 온전히 받아내며 붉은 꽃을 백 일씩이나 피워댑니다. 초록과 빨강, 서로 멀리 있는 색이 한데 있어 더 어울립니다.

요즘처럼 모든 이를 한쪽 어디론가 몰고 가려는 세상에서는 다양한 목소리의 어울림이 더욱 그립습니다.

소수가 있어야 다수가 있고, 비주류와 주류는 같이 있어야 아름다울 수 있습니다.

조선시대 때 주류 정치에서 밀려났거나, 스스로 물러나 낙향한 양반네들은 정원 연못가에 배롱나무를 심어 세상사를 잊고 무릉도원을 꿈꾸었다고 합니다.

예나 지금이나 배롱나무 꽃은 세상 밖 세상을 노래합니다.

배롱나무 꽃이 지면 벼 이삭이 고개를 숙이며 다가옵니다.

붉은빛 아침

산 너머에서 해가 올라옵니다. 깨어납니다. 오늘, 아침.
골골이 속내를 드러냅니다. 어둠에 갇힌 푸른 새벽을
붉은빛이 밀어내며 어제와 같이 오늘의 세상을 밝힙니
다. 아침은 이렇게 시작합니다. 꼿꼿한 구상나무와 앙
상한 철쭉나무, 아름드리 갈참나무를 밝히고, 이제는
너무나 충만한 가을단풍에 붉은빛을 더합니다. 붉은 기
운이 천지를 안으니 천지는 깨어나고, 깨어나면서 살아
있음을 이야기합니다. 장엄한 밝음이 열렸습니다. 천지
에 찬란한 빛이 가득하니 마치 부처 세상, 불국토가 열
린 듯합니다. 장엄한 아침은 우리가 느끼든 그렇지 않
든 매일 이렇게 오고 또 옵니다.
어제가 오늘인지 오늘이 내일인지 모를, 꿈속의 꿈인지
꿈밖의 꿈인지 모를 미몽, 그 속을 헤매는 나에게 오늘
아침, 붉은빛이 닿아 밝음에 눈 떴습니다.

잠시 바위와

저린 차가움이 방한장화를 뚫고 발가락을 적십니다. 이쯤이면 소리 없는 북쪽 강바람에 귀와 볼이 에워싸여 콧물이 '스~윽' 흐릅니다. 그나마 따뜻하게 비치는 남쪽 햇빛에 기대어 추위를 잊습니다. 인적 드문 강에 발을 담그고 홀로 있음을 즐기면 바위가 말하는 '어떤 이야기'가 들리기도 합니다. 물론 흐르는 강물과 찬바람을 품은 높은 하늘 아래서 발가락 끝이 떨리는 차가운 진동을 참고 겨울 강에 서 있는 만큼만 들을 수 있습니다.

잠시 나도 그 자리에 그렇게 같이 있어봅니다. 충만한 시간에 갇혀버립니다. 사물을, 바위를 보면서 귀 기울인다는 '구라'를 모양이나 형상에 빠지지 말고 내면의 소리를 들으라는 앞선 이의 말씀에 빗대어봅니다. 오죽지도 않은 사진기를 들고서.

고요한 겨울산

오랜만에 등산장비를 챙겨 3일 동안 산행을 즐겼습니다. 비켜서는 겨울의 아쉬움을 달래며 종아리 쥐나도록 걸었습니다. 능선 길이 적막합니다. 겨울 산행의 으뜸은 이른 아침의 차가운 고요함입니다. 숨 돌릴 겸 잠시 걸음을 멈추고 눈을 감아봅니다. 작지만 가슴 떨리는 아름다운 소리가 들립니다.

구상나무 끝에 간신히 매달린 눈이 힘없이 떨어지는 소리. 지나는 바람에 굴참나무 가지 비비는 소리.

흔적 없이 지나치는 이름 모를 새 울음소리.

얼어붙은 눈길도 햇빛에 슬며시 녹아, 가는 길 더딥니다. 겨울산을 걸을 때는 먼저 간 발자국을 따라 밟으면 편합니다. 그래서 앞서 간 이를 생각하며 걷는 겨울 산행은 홀로 걸어도 홀로 걷는 게 아닙니다.

연하천 대피소

지리산 시인, 박남준과 이원규가 어울린 술자리에서 "내일 연하천 산장에서 한 잔 합시다!" "그래!" 해서 시작한 느닷없는 산행입니다. '행사'를 꼭 가야 하는 두 시인과 덤으로 가는 객꾼이 어울렸습니다.

바다 수면으로부터 1586미터, 지리산 노고단에서 11킬로미터쯤에 있는 연하천 대피소의 밤. 30여 명의 등산객과 시인 두 명, 가수 한 명이 칼바람 속에서 '행사'를 합니다. 목덜미를 후벼파고 허리춤을 파고드는 바람에 부르르 몸을 떨고, 발을 구르고 손을 비벼가며 산중 파티에 동참합니다.

덤으로 따라와 대피소 직원들이 차려준 저녁도 잘 먹었으니 사진도 찍고, 박수도
치고, 추임새도 넣어가며 분위기에 젖습니다. 시 낭송이 끝나고 7080 노래 한마당.
지리산 여가수 고명숙의 손가락은 얼고 입은 굳어도, 등산객들의 앙코르가 이어집
니다.

별빛도 떨리는 바람을 피해, 은하수보다 더 많은 은하수를 안고, 시인인지, 구라꾼
인지 모를 이들과 또 술병을 비우는 밤입니다. 지리산 북부사무소 여러분, 수고 많
습니다.

겨 울 단비

헐벗어 더욱 마른 세상에 겨울 단비가 내립니다. 반가운 겨울비를 맞으며 강 건너 산
길을 갔습니다. 물 먹은 세상이 깊습니다. 숲이 깊어 산이 깊고, 구름이 깊어 하늘이
깊습니다. 둔덕에서 꿈틀대는 구름의 변화를 한가로이 즐깁니다. 빨강·파랑 지붕이
어울린 마을과 첩첩 골짝, 그리고 굽은 길이 다투어 모습을 드러낼 듯 감추고, 감출
듯 드러냅니다.
생각이 지나갑니다.

요즘 더러 들리는 '무조건, 무조건 달려갈 거야~' 라는 유행가 가사가 '무조건, 무조건 경제야 경제'를 부르짖는 세상 목소리와 겹치며 쓸쓸해집니다. 무조건 가지 말고 돌아보며 가는 여유로움이 더 절실한 시절입니다. 상대의 절박함은 보듬고, 본인의 불편함은 즐길 수 있는 마음으로, 오늘 이 시간을 지내야 할 것 같습니다. 지나온 길이 보였다, 안 보였다 하는 구름 많은 세상이 그러하다 합니다.

남은 구름마저 비 되어 봄을 손꼽아 기다리는 꽃눈의 젖줄이 되기를 고대합니다.

앙상함이 웅장한 # 겨울나무

싸늘한 공기가 발목의 차가움으로 다가와 코끝이 쨍합

니다. 몸서리나게 시린 푸른 하늘은 눈을 깊게 하고 마

음을 차분하게 합니다. 겨울은 차갑고 아름답습니다.

갓 태어난 아기가 울음을 토하듯 큰 숨을 쉬며 산을 건

습니다. 걸음마다 찰랑대는 신발 끈의 움직임과 힘 빠

진 풀잎들의 부딪침이 고요한 겨울을 깨웁니다.

코는 춥다 하고 숨은 덥다 합니다. 이른 햇살이, 앙상

함이 웅장한 겨울나무에 닿아 세상이 밝습니다. 우리

도 켜켜이 쌓은 그 많은 것을 털어내면 저들처럼 될 수

있을까. 먼 하늘, 파란 겨울 하늘에 한 줄 구름이 바람

을 새기며 지나갑니다.

지 는 해

한해가 가고 한해가 오는 시간입니다.

이즈음에는 마음 속 생각에 빠져 오락가락 괜한 시간을 보낼 때가 많습니다.

십 년 전, 사십에 들어서면서 오십을 생각하며 지리산에 들어왔습니다. 물론 지금, 절반의 성공일 수도, 절반의 실패일 수 있는 오십이 되려 합니다. 차 농사도 그렇고, 사진 작업도 그렇고, 생각도 그렇습니다. 그래도 매번 한계에 부딪칩니다.

'벌써 오십이야!' 술자리에서 속절없이 지난 시간이 아쉬워 떠들어대는 소리입니다. 벌써가 아니고 이제로 생각하면, 이제 오십이니 앞으로 육십에 나는 또 어떤 모습일지 고민하며 조금은 아쉬움을 덜 수 있습니다. 아마 육십에도 절반의 성공과 실패가 있을 겁니다. 하지만 적어도 십 년을 생각하며 오늘, 나는 고민하고 선택할 수 있습니다. 천천히 조금씩 가는 겁니다.

하루를 마무리하면서 한해를, 십 년을 마무리합니다. 살아감이 그렇습니다.

짙은 새벽바다

새벽, 짙게 잠든 바다. 그 반대편으로 높이 오릅니다.
산 속에서 산을 볼 수 없듯, 바다에서 벗어나야 바다가 보입니다.
그리고 건너편 산 정상은 검은 침묵의 세상. 홀로 있습니다.
깊은 바다가 방파제 불빛에 위로 받으며 침묵 속에서 모습을 드러내며 꿈틀댑니다.
적막한 세상에 한줄 가느다란 틈새를 비집고 나온 빛이 바다를, 세상을 건져 올립니다.

어둠 속에 갇혀 있던 섬들이 조각조각 갈라지며 제 모습을 드러냅니다.

큰 숨으로 새벽 공기를 마십니다. 추위에 떨던 나도 그 빛을 받아 환생하듯 살아납니다.

새해, 새아침이 새벽을 밀어내고 제시간, 제자리에서 일어납니다.

해가 오릅니다. 이제 또 시작입니다.

참 을 수 없 는 매화

집 곳곳에 심은 매화나무 꽃망울이 터지기 직전입니다. 이쯤이면 아랫동네는 분명 매화꽃이 야단법석일 겁니다. 도저히 참을 수 없어, 보던 책 집어 던지고 하룻밤에 아홉 번 강을 건넌 연암의 마음으로 산을 내려갔습니다.

섬진강 따라 악양에서 하동으로 이어지는 19번 국도, 길가 둔덕에 매화가 한창입니다. 매화를 일컬어 굴하지 않는 선비의 절개라는 말은 헛말입니다. 오히려 고혹적인 혜원의 미인도마냥 순백에 연분홍과 연록을 살짝 입은 매화는 세상을 홀리는 요염함, 그 자체입니다. 생김새뿐 아니라 봄바람 타고 떠다니는 매화향은 더욱 아스라합니다. 언젠가 스친 듯한 처녀의 지분향처럼 사방에서 코끝을 치니 중추신경은 곧추서고 온몸은 짜릿합니다.

세상이 밝아졌습니다.

칙칙한 땅속에서 동안거 중인 개구리들이 몸을 떨며 세상 밖으로 나올 채비를 합니다.

서두르세요.

지금 봄입니다.

지리산에서 만난
사람들

각기 다른 삶을 삽니다. 산에서는, 특히 지리산에는 그런 이들이 엄청 많습니다. 알든 모르든 그렇게 살아가는 것이 산에 사는 겁니다. 사람마다 다른 이유로 들어와 같이 어울리는 지리산은 앞으로도 많은 이들을 품을 겁니다. 그들이 도를 닦든, 술을 마시든, 널부러져 자든, 웃고 떠들든 상관하지 않으면서도 조화롭게 같이 사는 것이 산중 생활입니다.

죽 을 만 한 곳,

지 리 산   지리산은 큰 산입니다. 섬진강은 깨끗합
                              니다. 남해바다는 넓습니다. 크고, 깨끗
하고, 넓은 그곳 가운데 하동 악양골이 있습니다. 악양골은 지리산 천왕봉
언저리에서 남쪽으로 방향을 틀어 생긴 형제봉 능선이 섬진강으로 들어가
는 곳입니다. 햇빛을 아주 잘 받는 따뜻한 곳입니다. 악양골 입구에는 섬
진강이 흐릅니다. 뒤로 산을 두고, 앞으로 강을 낀, 전형적인 배산임수 마
을입니다. 형제봉 능선과 구재봉 능선이 팔을 벌려 안고 있는 악양골은 들
판이 넓습니다. 넓은 들판이 사람들을 먹여 살립니다. 그래서 악양골은 굶
어죽을 일이 없습니다. 몸을 움직일 줄만 알면 먹고 살 수 있습니다. 물산

이 많아 부족함이 없는 땅입니다.

　해서 악양골에는 사람들이 많이 모여듭니다. 적어도 도회지의 빡빡한
삶이 힘들어 자연으로, 산으로, 시골로 가서 살겠다는 사람들이 꼽는 일
순위 마을이 악양골입니다. 귀농, 귀향, 귀촌 일번지입니다. 먹고 살 만한
곳은 인심이 박하지 않습니다. 대대로 악양에 살고 계신 주민들 또한 그러
합니다. 어느 곳이나 지역사회는 폐쇄적이기 마련입니다. 마을이 만들어
지고 오랜 시간이 흐르면 아무래도 그렇습니다. 그러나 악양은 그 정도가
덜합니다. 양명한 땅의 너른 들판을 닮아 사람들의 심성이 밝고 넉넉합니
다. 이만하면 됩니다. 산과 물과 사람이 크고, 맑고, 넉넉하면 그곳은 사람
살 만한 곳입니다. 십 년 전 "산에서 뭐 먹고 살려고 내려 가나?"고 친구
들이 물을 때, "지리산에 죽으러 가지 살러가는 게 아니다"라고 답했습니
다. 악양은 죽을 만한 곳입니다.

　죽을 만한 곳을 찾아 들어오는 이들이 많습니다. 각자의 이유는 그야
말로 다 다릅니다. 그러나 결론은 같습니다. 산에서 순환하는 것들과 같이
가면 됩니다. 그들이 좋아서 산에 들어왔으니 어찌 보면 그러는 게 당연합
니다. 비슷한 곳에서는 비슷하게 살기 마련입니다. 귀농이든 귀촌이든 이
들과 무리 없이 살아가면 다 비슷해집니다. 시간이 약입니다. 도회지에 살

던 가락으로 시골에 살면 판판이 깨질 수 있습니다. 도회지에서 지녔던 생각이나 습관들을 지역채널로 바꾸어야 적응하기 편합니다. 본연의 삶을 찾아 들어온 사람들이니 먹고, 싸고, 자는 단순한 원리를 체득하는 것이 기준입니다. 사람 마음이 다 다른 것은 어찌할 수 없지만 몸은 환경에 적응할수록 비슷해지기 마련입니다. 몸이 가면 마음이 갑니다. 마음이 가면 몸이 갑니다. 도회지에서는 몸 따로, 마음 따로 움직이면서도 그렁저렁 살아가지만 산에 살면서 그러면 자신만 힘들어집니다. 게으르든 부지런하든, 몸과 마음이 같이 간다면 살아갈 만한 곳이 바로 지리산입니다.

 지리산에 사람이 모여들고 있습니다. 이제는 조금 먼저 들어온 이들이 나중에 들어올 이들을 위해 움직이고 있습니다. 앞선 이가 간 길을 뒤선 이가 따라갑니다. 결국 앞선 이가 바른 길을 가야 합니다. 굴러온 돌이 박힌 돌을 빼내려하지 말고 그 옆에 조용히 박혀야 합니다. 앞선 이의 노력을 뒤선 이가 따르면 지역사회는 분명 밝아집니다. 지역사회에 작은 활력이 될 수 있습니다. 자신을 위한 일이 지역을 위한 것이니 이보다 더 좋은 일은 없습니다. 우리가 잊고 있던 공동체적 삶입니다. 뜻이나 이념으로 뭉칠 필요가 없습니다. 뜻이나 이념은 흐르는 시간 앞에서는 흩어지기 마련입니다. 그러니 각자 자신의 삶을 자유로이 살면서 공동의 선을 추구할 수 있어야 합니다. 몸과 마음이 같이 움직이는 자연의 이치를 깨닫고 즐기면서 말입니다. 지금 그런 이들이 지리산 도처에 자리 잡고 있습니다. 고마운 일입니다.

악양골에서 제법 높은 곳에 자리한 동매마을의 끝집에 사는 시인을 만났습니다. 그가 칙칙하고 습기 많은 모악산 집을 떠나 양명한 악양으로 들어온 지 어느덧 6년째입니다. 할 일 없는 날, 마당에 조용히 앉아 꽃들과 이야기하기를 즐깁니다. 앞마당의 조그마한 꽃밭에는 귀한 꽃들이 많습니다. 꽃을 좋아하니 꽃이 생깁니다. 그는 산을 벗 삼아 풀꽃들과 작은 곤충을 어여삐 여기는 시인입니다. 작은 것들의 아름다움을 몸으로, 마음으로 표현하는 그는 분명 꽃과 함께 피고 지는 시인입니다. 꽃의 정령이 내려앉은 시인은 늙은 총각입니다. 자리를 지키는 꽃들은 그가 보살피고, 움직이는 꽃들은 그를 보살핍니다. 그는 꽃과 함께 삽니다.

　꽃다운 시간을 보내고 시인 집을 나서서 조금 내려오다가 오른쪽 길로 올라가면 마을에서 한걸음 떨어진 곳에 근사한 집을 짓고 사는 친구가 있습니다. 앞마당에 서면 악양골이 한눈에 들어오는 시원한 집입니다. 서울 목동에서 논술선생으로 잘나가다 농사로 먹고 살아볼 심산으로 내려왔습니다. 귀농 6년차입니다. 벼농사, 밭농사를 제법 짓습니다. 이런 이들은 농약 치는 걸 싫어합니다. 그러면 소출량이 적어 농사만으로는 살 수 없게 됩니다. 하지만 땅과 사람을 해치지 않고 농사 짓는 마음을 사람들이 알아줄 날이 꼭 올 겁니다. 그이가 준 통밀로 밥을 해 먹으면 옹골찬 그의 땀과 뜻이 톡톡 씹힙니다. 그는 뜻으로 삽니다.

악양골을 쓸고 온 시원한 바람을 맞으며 내려갑니다. 상신마을입니다. 악양에서도 터가 좋아 살기 좋은 마을입니다. 옛사람들은 문전옥답을 좋아합니다. 집 앞에 논밭이 있어야 좋은 땅이라고 합니다. 맞습니다. 논밭의 작물들은 주인의 발걸음으로 자랍니다. 그런 부지런한 마을에 게으른 이가 살고 있습니다. 그가 지리산에 들어온 지 벌써 20년이나 흘렀습니다. 20대 초반 어느 겨울에 지리산 산행을 하던 그가 추위를 못 이기고 내려온 곳이 따스한 화개골이고, 화개골이 좋아 눌러 앉아 버린 친구입니다. 목적도, 뜻도 없이 다만 산에 살고 싶은 마음 하나로 지금껏 버텨왔습니다. 이제는 먹고 살려고 흔한 나무를 깎고 다듬고 마름질해서 다구를 만드는 어엿한 목공예가가 됐습니다.

지리산 하동은 녹차로 유명합니다. 녹차를 찾는 이들은 다구도 찾기 마련이고 지리산에서 다구 하면 이이의 물건을 최고로 칩니다. 먹고 살 만합니다. 불알 두 쪽 차고 산에 들어와 마누라도 얻고, 애도 낳고, 작업실도 번듯하게 지어 목공예가의 입지가 탄탄합니다. 그럼에도 그이는 게으릅니다. 천성이 그렇습니다. 초창기에는 팔아먹을 물건이 떨어져야 일을 했습니다. 돈이 생기면 쓰고 없으면 만들고, 세상 편합니다. 그런 마음 때문에 주변 사람들이 좋아합니다.

아담한 상신마을에서 다랑이 논이 이어지는 능선 길로 오르면 악양의 스카이웨이로 유명한 노전마을을 지나갑니다. 산 중턱에 있는 노전마을은

계절마다 변화무쌍한 풍경을 자아냅니다. 귀농이나 귀향하는 사람들에게는 군침이 도는 마을입니다. 방향 좋고, 전망 좋고, 큰 마을과 떨어져 있어 산중 생활을 즐기기에 딱입니다. 그러나 그만큼 지역적 폐쇄성도 있습니다. 잘 어울려야 합니다. 그들의 생활방식을 더듬어 배우고 그들과 같이 지내려는 마음만 있으면 됩니다.

그런데 이 마을에는 매우 튀어 보이는 기타리스트가 삽니다. 그는 악양 막걸리를 너무 좋아하는 아티스트입니다. 짧아 보이는 팔과 짧아 보이는 다리로 제 몸만한 기타를 메고 무대를 휘젓는 록커이기도 합니다. 즐거운 삶을 사는 이입니다. 본인이 즐거우면 남이 즐겁습니다. 산행 중에 만난 아가씨를 눈물 나게 꼬셔서 음식 솜씨 빠른 마누라로 만든 사나이입니다. 서울에서 살다가 마누라는 3년 전에 노전마을에 집을 짓고 살고, 이이는 얼마 전까지 서울 세운상가에서 악기점을 하면서 토요일마다 내려오는 주말부부였습니다. 이이가 오는 주말마다 막걸리와 노래가 판치는 음주가무로 악양골이 웃음바다가 됩니다. 카리스마가 있습니다. 지금은 악기점을 그만두고 가끔 마누라 구박도 받아가며 오순도순 삽니다. 이곳에서 여러 학생을 제자로 둔 훌륭한 선생이기도 합니다. 그는 손가락을 무척 아낍니다. 낫질도 하지 않습니다. 그의 인생 전부가 손가락에 녹아 있습니다. 혹 손가락이 조금이라도 다치면 그는 죽음입니다. 그는 손가락으로 삽니다.

다시 길을 잡습니다. 이제는 조금 멀리 갑니다. 악양골을 벗어나 화개골로 갑니다. 화개골로 가는 길은 섬진강을 끼고 갑니다. 강물은 흘러갑니다. 흘려보내고 채웁니다. 강은 늘 그렇습니다. 하루 종일 강을 헤매고 다녀도 같은 강을 볼 수 없습니다. 흔한 말이지만 진정 그렇습니다. 강은 끊임없이 변하는 순환의 원리를 몸소 보여줍니다. 자연이 그렇다면 그런 겁니다. 인간이 어쩌고저쩌고 할 얼이 아닙니다. 강에 나와 온몸으로 강바람을 맞아보면 압니다. 무엇이 그러한지, 왜 그러한지.

섬진강은 언제나 지나가는 이들에게 편안함을 주는 강입니다. 그래서 화개골 가는 길이 즐겁습니다. 화개골은 수려하고 빼어납니다. 계곡 물이 맑아 많은 사람들이 드나듭니다. 여름날이면 천지에 있는 사람들이 다 모인 양 난리법석입니다. 그만큼 계곡이 좋습니다. 잠시 놀며 쉬어가기에 이보다 좋을 순 없습니다.

벚꽃 철부터 여름날까지 흥청대는 화개골에 쎈 사람이 삽니다. 기억도 가물거리는 1984년도에 태백산맥 단독 종주를 성공하고 이어서 1986년에는 히말라야 강가푸르나를 여자 몸으로는 세계 최초로 성공한 여성 산악인이 삽니다. 어지간해서 범접하기 힘든 사람입니다. 그런 사람과 가까이 삽니다. 이이와 술자리를 하면 어려움이 있습니다. 술 먹다가 벽에 기대거나, 드러눕거나, 흐트러진 자세로 술 먹으면 눈치가 보입니다. 다른 이들은 술 먹고 퍼져 놀아도 이이만큼은 처음부터 꼿꼿한 자세로 앉아 술 마십

니다. 취해도 그렇습니다.

　그런 마음으로 산을 오르내립니다. 산사람입니다. 이이는 매일 아침 쌍계사 불일암에서 백팔배를 합니다. 집에서 불일암까지 왕복 두 시간이 더 걸립니다. 쉬운 일이 아닙니다. '한마음' 없이는 불가능합니다. 그래서 범접할 수 없습니다. 불교신도도 아닙니다. 그저 산에 오르고, 암자에서 절을 하고 나면 몸과 마음이 가뿐해진답니다. 큰 산에서 잘 놀던 이가 낮은 산에서 더 잘 놉니다. 그는 산에 삽니다.

　이제는 지쳐 돌아갑니다. 집으로 갑니다. 누워 잠을 청하고 지친 몸을 쉬게 합니다. 슬슬 잠에 듭니다. 의식의 시간에서 무의식의 시간으로 넘어 가면서 선재동자가 화엄의 뜻을 얻었는지, 못 얻었는지 가물거립니다. 얻 었건 그렇지 않건 잠에 빠져듭니다.

김경구

그에게 지리산은 성지입니다. 1987년 6월 항쟁 이후 그해 7월에 출소해 지리산에 첫발을 디뎠습니다. 빨치산의 성지, 민족의 성지, 지리산에 언젠가는 들어와 살겠다고 마음을 잡은 시기도 이때였습니다. 그는 인천 지역의 노동운동가였습니다. 대학은 들어갔지만 노동운동을 하느라 감방까지 갔습니다.

그런 그가 교련 수업은 꼭 출석했습니다. 에이 학점도 받았습니다. 수업에 참석하지 않으면 군대에 잡혀간다고 해서 열심히 교련 수업을 받은 불굴의 청년이었습니다. 1990년대 초 구소련과 동구권이 붕괴된 후 운동권도 그도 함께 무너졌습니다. 절망한 자신을 끌고간 곳이 지리산이었습니다.

지리산이 그를 살려주면 다시 도시로 가서 방황했습니다. 1994년 그는 친구 소개로 학원 강사를 시작했습니다. 그해 시작된 수능시험은 독서를 많이 한 사람에게 유리했습니다. 그의 방대한 독서량이 입시반 강의에 맞춤했습니다. 결국 친구가 그를 살렸고, 교육정책이 먹고 살게 했습니다. 운동권의 먹물이 가는 길을 그도 따라갔습니다. 딱 10년 동안이었습니다.

목동의 잘나가는 학원 강사를 그만두고 처와 자식을 이

끌고 2004년에 지리산으로 길을 잡았습니다. 돈과 인간성은 비례하기 힘들다, 돈을 버니 헛갈린다, 차라리 농사짓자, 간단명료한 결론이었습니다. 동네에서 하는 농사는 다 해보자는 생각으로 감자, 밀, 벼, 고추, 토란, 콩, 참깨 농사를 지었습니다. 물론 돈이 되진 않았습니다. 가장 매출이 높았던 때가 600만 원입니다. 한심한 농사를 지었습니다. 그래도 그는 행복했습니다. 씨앗을 심으면 무엇이든 열매 맺는 것이 신기하고 그것을 식구들과 먹고 주위 사람들에게 나누어주는 게 행복했습니다. 초반 3년은 그렇게 잘 흘러갔습니다.

자신의 땅에 집을 짓기 시작했습니다. 빚을 얻어 집을 짓다보니 농사로 빚을 갚는 게 아득했습니다. 다시 학원 강사를 시작했습니다. 학원 강사와 농사와 집짓기가 병행되니 벅찬 일이었습니다. 집짓기는 끝났고 농사가 조금은 멀어져도, 강사 일이 조금은 힘들어도 그렁저렁 살아갔습니다.

그를 내친 것은 지리산이 아니고 정권교체였습니다. 정권이 바뀌고 일어나는 일련의 사태로 정신적 공황에 빠졌습니다. 지리산에서 길을 잃었습니다. 할 수 있는 일이 아무것도 없었습니다. 과거의 기억에 빠져버린, 과거의 기억이 되살아난 그는 지금 패닉상태입니다.

그러나 그는 지금 지리산에 살고 있습니다. 걱정 없습니다. 지리산은 그렇게 쉽게 그를 포기하지 않을 겁니다. 분명 지리산은 길 잃은 이에게 길을 밝혀줍니다. 그를 포함한 모든 길 잃은 사람을 품고 있는 지리산은 어머니 같은 산이기 때문입니다. 그는 다시 살아날 겁니다.

김병관 대장

그가 부스스 잠에서 깨어났습니다. 잠을 깨운 나는 한낮의 불청객이었습니다.

"아이구, 낮잠 깨워서 미안."

"아녜요, 잘 오셨어요."

그는 지금 케이블카와 싸우고 있습니다. 노고단에서 열린 '지리산 케이블카 반대 행동의 날' 행사에 다녀와서 낮잠을 자는 중이었습니다. 깨어 있으면 열 받는 일밖에 없는 그의 달콤한 잠을 방해했습니다. 미안한 일입니다.

산사나이가 산을 내려왔습니다. 그는 연하천 산장의 '김대장'입니다. 연하천 산장은 지리산 종주길, 벽소령 산장과 뱀사골 산장 사이에 있습니다. 조촐하고 아늑해서 산행 길의 피로를 보상해주는 산장입니다. 김대장은 산장지기였습니다. 그는 3년 6개월 동안 국립공원 계약직으로 연하천 산장을 지켰습니다. 산사람 김대장은 맑고, 순수하고, 무식한 사나이입니다. 이것저것 재지 않고 옳고 그름이 명확합니다. 그래서 세상살이가 힘듭니다.

상급기관인 환경부에서 지리산 케이블카 설치를 허가할 움직임을 보이자 그는 케이블카 반대 운동을 하기 위해 국립공원 계약직을 포기했습니다. 대한민국 최고의 직장이라고 자부했던 연하천 산장을 박차고 나와 사람 붐비는 거리로 나섰습니다. 천왕봉에서 20여 일, 과천 정부종합청사에서 20여 일, 그리고 인사동, 동대문시장을 전전하며 일인시위를 했습니다. 절절한 마음으로 소리 높여 '케이블카 절대 반대'를 외쳤습니다. 지금 우리 시대는 그이처럼 무식한 사람이 필요합니다. 세상이 너무 똑똑해지니 우리 같은 무지렁이들은 살기 힘듭니다.

산을 내려왔지만 산을 떠날 수는 없습니다. 얼마 전 아
는 이의 도움으로 피아골 직전마을에 민박집을 열었습
니다. 먹고 살 방도를 찾았다지만 불안하기는 마찬가지
입니다. 방값이 아는 사람은 공짜고, 비정규직은 오천
원, 정규직은 만 원이랍니다. 기가 막혀서 잔소리를 좀
했습니다.

"받을 것 받고, 줄 것은 줘라. 나이도 있으니 늙어 먹고
살 궁리는 해야지, 무슨 사기를 치라는 것도 아니잖아."
눈치를 보니 내 말이 맞기도 하고 틀리기도 한 표정입
니다. 어찌할 수 없는 그의 마음입니다. 더 이야기를 하
면 허섭스레기 같은 인간이라고 욕먹을 판입니다. 그래
도 몇 마디 더하고 돌아서 나왔습니다.

피아골 계곡물이 토해내는 사자후를 뒤로 하고, 그의
천진한 웃음을 가슴에 품고 아래 세상으로 내려왔습니
다. 아래 세상은 너무 덥습니다.

김선웅

즐거운 인생입니다. 기타를 사랑하고, 술을 사랑하고, 마누라를 끔찍이도 사랑하는 그는 구름입니다. 구름이 산으로 내려와 풀과 나무에 제 몸을 얹듯 그의 기타 연주는 듣는 이의 가슴을 저미며 내려앉습니다. 물론 술 한 잔 걸치면 그 정도가 심해집니다. 늙은 암소를 닮은 눈망울과 사방으로 튀는 말솜씨, '종종' 뛰며 기타를 연주하는 그는 세상 누구도 흉내 낼 수 없는 웃음보따리를 지녔습니다.

어릴 적부터 그는 기타로 살았습니다. 비틀즈 멤버 존 레논의 죽음이 계기였습니다. 추모 방송을 듣고 당장 기타를 샀습니다. 이만 칠천 원짜리 기타입니다. 친구들과 어울려 기타를 치고 또 쳤습니다. 비틀즈를 사랑했고, 존 레논을 사랑했던 그는 오로지 음악을 하겠다는 일념으로 무작정 상경했습니다. 공사장 잡일부터 닥치는 대로 일하며 기타를 배웠습니다. 1990년에 악기점 아르바이트를 하면서 그나마 음악에 가까운 일을 하게 되었습니다. 낮에는 악기점에서 일하고 밤에는 업소를 뛰며 하루 종일 기타를 만지며 살았습니다. 1997년 드디어 낙원동 악기상가에 '언더그라운드' 악기점을 차렸습니다. 아르바이트생에서 사장님으로 변신한 것입니다.

하지만 미처 다 버리지 못한 꿈이 있었습니다. 가게 한구석에 동전통을 놓고 동전을 모았습니다. 2001년이 되어서야 꽉 찬 동전통을 헐고 마누라와 둘이서 존 레논을 찾아 리버풀로 떠났습니다. 비틀즈에 흠뻑 빠져 꿈 같은 여행을 했습니다. 보리밭에 보리가 자라듯 리버풀의 공기는 비틀즈의 음악을 영글게 하는 곳이었습니다.

그가 지리산에 내려왔습니다. 근근이 버티던 악기점을 때려치우고 지리산 품에 안겼습니다. 마누라는 이미 3년 전에 지리산에 내려와서 살고 있었습니다. 서울에서 홀로

낮밤을 지새우다 그가 그토록 좋아하는 산에 들어왔습
니다. 적지 않은 이삿짐은 죄다 기타와 관련된 것들입
니다. 그의 방은 디비디, 시디, 음악책, 포스터 등으로
가득 찼습니다. 빈 자리라곤 그가 앉아서 기타를 칠 수
있는, 뒤집어 놓은 알루미늄 박스뿐입니다.

기타 실력이 지리산 동네에 알려지자마자 어른들도, 아
이들도 기타를 배우려고 줄을 섰습니다. 먹고 살 길이
열렸습니다. '안 쓰고, 덜 먹자'는 무대책을 대책으로
여기고 내려온 산에서 살 길이 열린 것입니다. 역시 지
리산입니다.

요즘 그가 무척 바빠졌습니다. 악양골과 화개골을 넘나
들며 기타 레슨을 합니다. 조만간 동네가 시끄러워질
겁니다. 집집마다 기타 연주 소리에 잠을 잘 수 없으면
어떡하나 걱정입니다. 주위에서 그를 지켜보는 이들이
흐뭇해합니다. 오늘도 그는 기타를 들고 우리와 같이
있습니다. 기타를 둘러멘 그의 뒷모습이 지리산을 닮아
한창 큽니다.

김용회

'살기 좋은 곳은 악양골이고, 놀기 좋은 곳은 화개골이다.' 우리 동네에서 흔히 하는 말입니다. 여름날에는 여럿이 모여 라면이나 간식거리를 들고 으레 화개골에 물놀이를 갑니다. 다이빙도 하고, 헤엄도 치고, 누워 햇볕도 쬐며 무더운 여름날 오후를 즐깁니다.

그는 계곡에선 물 만난 고기입니다. 팬티만 입고 바위에서 뛰어내리고, 허우적허우적 헤엄도 치고 신나게 놉니다. 노는 게 즐겁습니다. 간식거리를 먹을 때도 욕심이 만만치 않습니다. 맛있는 걸 놓고 아들과 싸우다 울리기까지 하는 사람입니다. 먹는 게 행복합니다. 팬티를 입은 그의 벗은 몸매는 동글동글합니다. 잘 먹고 잘 놀고, 세상을 둥글둥글 살아서 생긴 몸매입니다. 성품도 둥글둥글 모나지 않습니다. 그래서 사람들이 그를 좋아합니다.

마누라가 보기에는 다른 모양입니다. 마누라와 애들을 먹여 살려야 할 인간이 놀기만 좋아하고, 먹을 것 가지고 아들과 싸우고, 일할 때는 땡땡이치기 일쑤고, 통장에 돈이 간당간당해도 태평하니 속 터져 죽을 지경입니다. 하지만 선한 눈망울로 '나는 마누라 없이는 못살아'를 부르짖으면 못 이기는 척 작지만 알찬 밥상을 차려줍니다. 아웅다웅, 알콩달콩 살아가는 그는 행복한 사람입니다.

그가 작업실을 크게 차렸습니다. 집을 저당 잡힌 '생돈'으로 어렵사리 지었습니다. 불알 두 쪽 차고 지리산에 들어온 지 20년 만에 마누라와 아이 둘, 그리고 집과 작업실까지 만든 그는 분명 부지런한 사람입니다. 지리산에서 성공한 몇 안 되는 인물입니다. 지리산에서 목다구 하면 그를 빼놓을 수 없습니다. 매년 인사동에서 전시회를 열 만큼 목다구 공예가로 입지도 탄탄합니다. 요즘은 작품전 준비로 무척 바쁜 날을 보내고 있습니다. 나무를 만진 세월이 오래 되다보니 작품에 멋과 맛이 깊어졌습니다. 그의 나무에 대한, 작품에 대한 생각은 이렇습니다. 나무에 장식적 요소를 가미하지 않고 나무의 순수한 목리를 살립니다. 나무 자체의 순수성을 유지하되 쓰는 이의 편리성을 감안한 작품을 만들어냅니다. 최소한의 디자인으로 사람의 마음을 홀리는 재주가 뛰어납니다. 그의 작품에 그렇게 새겨져 있습니다.

이영상

벚나무를 후벼 판 절구통에 이 빠진 박달나무 공이로 호주산 원두커피를 빻습니다.
노가나무에 구멍을 뚫은 드리퍼에 빻은 커피를 넣고 천천히 내립니다. 그리 넓지 않
은 그의 작업실에 상냥한 커피 향이 코끝을 타고 다가옵니다. 그야말로 '뽕' 갑니다.
산중마을에 방치된 집을 손수 고쳐 세운 작업실입니다. 작업실에 깔린 커피 향은 짧
은 치마가 넘실대는 서울 강남 '콩다방' 못지않습니다. 산중에서 이런 호사를 누리
는 그는 대책 없는 사람입니다.

그가 지리산에 들어온 이유는 간단합니다. 도서관에서 책을 보다가 차밭 풍경이 멋
진 사진을 보았습니다. 그곳이 어디인지 살펴보니 제주도 차밭입니다. 비정규직 혹
은 아르바이트로 도시 생활을 전전하던 그는 사진에 나온 차밭에서 노가다나 해야겠
다는 생각으로 자전거를 타고 떠났습니다. 1997년입니다. 자전거를 타고 제주도 차
밭을 거쳐 보성 차밭을 지나 지리산 화개 차밭까지 닿는 데 석 달이 걸렸습니다. 화
개 지역을 돌아다니다 만난 이가 녹차로 이름이 우뚝한 '무향'입니다. 대구와 지리산
을 왕복하다 끝내 지리산에 정착했습니다. 그도 한 번 지리산에 들면 헤어나지 못한
다는 지리산 병이 도져 지리산을 떠나지 못했습니다. 팔자입니다.

2002년 지리산에 집을 구하고 무향의 작업실에 자리 잡았습니다. 쌔빠지게 노가다
했습니다. 높은 이름만큼이나 감당키 어려운 무향의 성질을 버텨내지 못하고 들고나
기를 반복했습니다. 하지만 무향은 재주꾼입니다. 봄철에 녹차를 만들고 나머지 계
절에는 나무를 깎거나 돌을 깎으며 지냅니다. 무향이 그에게 한마디 던졌습니다.
"나무나 깎아 먹고 살아라." 그 한 마디에 그는 나무를 깎기 시작했습니다. 욕을 밥

삼아, 혼나는 것을 반찬 삼아 깎고 또 깎았습니다. 분명 무향은 그의 선생입니다.

7년이 흘렀습니다. 그의 작업실엔 관솔로 깎은 향꽂이가 가득합니다. 기기묘묘한 관솔을 자르고, 깎고, 문질러서 작품을 만듭니다. 자연과 인공의 조화입니다. 고운 심성이 그대로 드러나는 향꽂이에서 목향이 피어납니다. 누가 향을 사르지도 않았는데, 온 방에 향내가 그윽합니다.

남난희

전화가 왔습니다.

"노루목엔 물 없어. 임걸령으로 가. 한 시간이면 돼. 몇 박 며칠? 토요일은 안 돼. 내가 일 있어."

아는 이가 지리산 종주를 하겠다고 이것저것 물으니 지극히 짧은 답을 합니다. 고수는 말이 짧습니다. 핵심만 이야기합니다. 산에 관한 한 그녀는 고수입니다. 여성으로는 세계 최초로 히말라야 강가푸르나봉에 올랐습니다. 백두대간을 단독 종주한 게 벌써 25년 전 일입니다.

산기운이 낮게 깔린 이른 아침입니다. 아침에는 그녀의 마음도 차분하게 가라앉습니다. 아침산책은 풀과 나무를 품은 산과 그녀의 마음을 품은 몸이 교접하는 시간입니다. 산아일체(山我一體)요, 물아일체(物我一體)입니다. 그녀는 매일 집을 나서 국사암을 거쳐 불일암까지 올라 백팔배를 하고 내려옵니다. 왕복 두 시간쯤 걸리는 아침 산책길입니다. 다른 이에게는 결코 쉽지 않은 등산길입니다. 같이 걸으며 한마디 던졌습니다.

"걸으니 좋네요."

막힘없는 대답이 튀어나옵니다.

"걷기는 세상에 대한 명상이고, 절하기는 나에 대한 명상이야. 그래서 아침산책은
빼먹을 수가 없어."

역시 말이 짧습니다.

바쁜 걸음으로 그녀의 뒤를 좇으며 생각했습니다.

'어찌 저리 걷는 것이 자연스러울까?'

'무소의 뿔처럼 혼자서 가라'는 뜻은 잘 모르겠지만 그녀는 분명 무소의 뿔처럼 혼
자서 가고 있습니다.

지루한 비가 오는 어느 날, 집사람이 전화를 합니다.

"남난희! 한증막 가자."

"좋지."

"화개장터 주차장에서 봐."

"알았어."

집사람의 날쌘 움직임에 바람이 일어납니다. 그녀들은 불한증막 '꽃탕'에서 땀을 뻘뻘 흘리며 차를 마시고 수다를 떨 겁니다. 그럴 때 그녀는 영락없는 아줌마입니다.

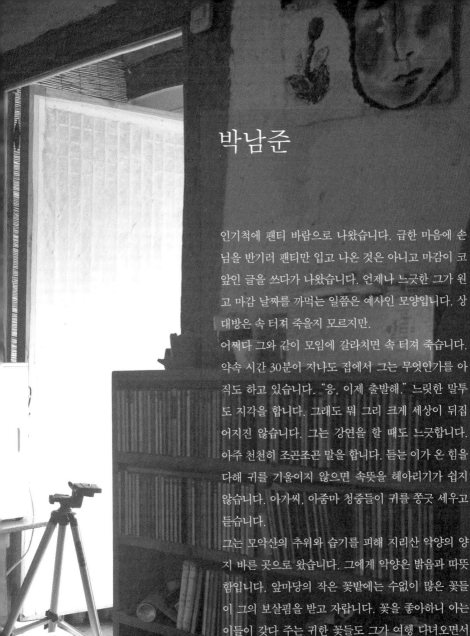

박남준

인기척에 팬티 바람으로 나왔습니다. 급한 마음에 손님을 반기러 팬티만 입고 나온 것은 아니고 마감이 코앞인 글을 쓰다가 나왔습니다. 언제나 느긋한 그가 원고 마감 날짜를 까먹는 일쯤은 예사인 모양입니다. 상대방은 속 터져 죽을지 모르지만.

어쩌다 그와 같이 모임에 갈라치면 속 터져 죽습니다. 약속 시간 30분이 지나도 집에서 그는 무엇인가를 아직도 하고 있습니다. "응, 이제 출발해." 느릿한 말투도 지각을 합니다. 그래도 뭐 그리 크게 세상이 뒤집어지진 않습니다. 그는 강연을 할 때도 느긋합니다. 아주 천천히 조곤조곤 말을 합니다. 듣는 이가 온 힘을 다해 귀를 기울이지 않으면 속뜻을 헤아리기가 쉽지 않습니다. 아가씨, 아줌마 청중들이 귀를 쫑긋 세우고 듣습니다.

그는 모악산의 추위와 습기를 피해 지리산 악양의 양지 바른 곳으로 왔습니다. 그에게 악양은 밝음과 따뜻함입니다. 앞마당의 작은 꽃밭에는 수없이 많은 꽃들이 그의 보살핌을 받고 자랍니다. 꽃을 좋아하니 아는 이들이 갖다 주는 귀한 꽃들도 그가 여행 다녀오면서 슬쩍 캐온 예쁜 꽃들이 저마다 사연을 뽐냅니다.

꽃밭 가장자리에 있는 파초는 우뚝 선 모습이 보는 이를 압도합니다. 파초가 열대식물이라 겨울나기가 쉽지 않을 터인데 그의 갸륵한 정성으로 한겨울을 납니다. 파초 줄기를 잘라내고 톱밥을 무진장 덮어 겨울에도 목숨을 부지하게 합니다. 보답이라도 하듯 한여름에는 파초가 집 전체를 덮을 만큼 큰 그림자를 베풉니다. 그는 꽃과 함께 살 자격을 충분히 갖춘 사람입니다.

그의 집 왼편에는 작고 오래된 벌집이 있습니다. 시간만 나면 벌집 앞을 쓸어주고, 닦아줍니다. 충실하고 노련한 양봉꾼입니다. 그는 벌들의 식량을 우악스럽게 털어먹은 적도 없습니다. 조금 나눠 먹는 수준입니다. 그 꿀이 귀해서 나도 아직 얻어먹은 적이 없습니다. 아마 마음에 드는 '움직이는 꽃'들에게만 조금씩 준 듯하지만 확인된 바는 아닙니다. 그는 꽃과 관계된 모든 것들을 잘 관리합니다. 늙은 총각이 그것 말고 무엇을 더 해야 할까요? 그는 꽃과 함께 사는 '꽃 시인'입니다.

안상흡

무뚝뚝한 인간이 화개에 삽니다. 그가 만든 그릇도 무뚝뚝합니다. "그릇이 그릇이지,
뭐 대단하다고 그릇에 인생 겁니까." 그의 말도 무뚝뚝합니다. 그는 대학에서 서양
화를 전공했습니다. 대학 졸업 후 백화점 쇼 윈도우 치장하는 일을 했습니다. 아이엠
에프 때 실직한 그는 판화작가로 나섰습니다. 그의 말이 자기는 아이엠에프 작가랍
니다. 당시에는 그런 아이엠에프 작가가 많았습니다.
그러던 어느 날, 속가의 인연을 묻어두고 간 친한 선배가 스님이 되어 나타나 그의

인생에 끼어들었습니다. 스님이 된 선배가 문경에 있는 도자기요로 데려갔습니다. 다완으로 유명한 천한봉 선생이 계신 문경요입니다. 빈 그릇에 녹색 가루를 넣고, 뜨거운 물을 부어 휘저었더니 거품이 뽀글거리며 푸르딩딩해진 물을 주기에 마셨습니다. 나중에야 짙은 녹색 물이 일본 사람들이 흔히 마시는 말차라는 걸 알았습니다. 맛은 그저 그런데 담긴 그릇이 너무 예뻤습니다. 천한봉 선생의 말차 다완입니다.

아이엠에프 작가는 할 일이 없었습니다. 슬슬 주변의 따가운 시선이 느껴지기 시작

하니 집에 있을 수 없었습니다. 집을 나서도 갈 데가 없었습니다. 그래서 스님이 된 선배의 도움으로 찾아간 곳이 문경요입니다. 예쁜 그릇에 끌려 지금까지 겪은 것보다 더 험한 세상으로 들어갔습니다. 독한 마음으로 온 놈도 야반도주한다는 천 선생 밑에서 죽어라 버텼습니다. 2년 이상 버틴 놈이 없는 곳에서 그 이상을 버텼습니다.

그의 인생의 변곡점에는 항상 선배이자 스님인 그이가 나타납니다. 스님은 쌍계사에서 출가를 했습니다. 하필 지리산 화개 쌍계사. 그래서 그는 스님 소개로 화개골에 들어와 손수 장작 가마를 짓고 누워 잘 집도 지어 바람 드센 화개골에 정착했습니다.

그는 혼자 가마 불을 땝니다. 보통 12시간에서 16시간쯤 불을 땝니다. 정성껏 만든 그릇이 소나무 불길에 익어갑니다. 황망하게 타오르는 불길을 적막한 마음으로 바라봅니다. 이 시간을 혼자 즐깁니다.

도공의 절절한 마음은 불을 땔 때 생겨납니다. 그저 소나무 불길이 어루만지며 만들어내는 그릇을 기다릴 뿐입니다. 치장하지 않는 마음으로, 무심한 마음으로 그저 소나무 불길을 바라봅니다. 그래서인지 그는 무뚝뚝합니다. 그의 그릇도 무뚝뚝합니다. 무뚝뚝하지 않은 것은 다만 그의 가마에서 피어나는 소나무 불길뿐입니다.

내가 못 본 지리산
ⓒ이창수, 2009

지은이 이창수 | 펴낸이 우찬규 | 펴낸곳 도서출판 학고재
초판 1쇄 인쇄일 2009년 9월 29일 | 초판 2쇄 발행일 2010년 1월 20일
등록 1991년 3월 4일(제1-1179호) | 주소 서울시 종로구 계동 101-12 신영빌딩 1층
전화 편집 (02)745-1722/3 | 관리/영업 (02)745-1770/6
팩스 (02)764-8592 | 이메일 hakgojae@gmail.com
주간 손철주 | 편집국장 김태수 | 편집 강상훈 · 조주영 · 최선혜 | 디자인 김은정
관리/영업 김정곤 · 박영민 · 우중건 · 이영옥 | 인쇄 현문

ISBN 978-89-5625-099-1 03810